小説

嫩竹的時代

大川隆法

Ryuho Okawa

小說

嫩竹的時代

（一）

我想寫下少年鏡川龍二的成長故事。這是尚未完全長大成年的人們，一心祈禱著「希望自己盡快成長為竹子」，同時又必須長出一個又一個「竹節」，才得以成為大人的時期。長出「竹節」的時期，人們總認為自己並未成長，因而煩惱、痛苦、心急。然而，竹節卻是竹子為了朝天空高高伸展時，不可或缺的存在。只不過，對於當事人而言，內心無論如何都無法接受那些「必要的痛苦」。

成為高達十公尺、二十公尺的大竹子後，嫩竹才會明白自己原來是一邊長出竹節，一邊筆直朝向天空伸展。

鏡川龍二在十歲左右，也就是升上小學五年級前後，每天都祈禱著自己「快點長大成人。快點滿二十歲」。

但是，人生就是如此諷刺，孩提時代的時間與長大成人之後的時間，流逝的速度截然不同。那似乎也跟身體的大小有關。在幼小的孩提時期，一天相當漫長。學校下課後，即使和朋友玩耍到傍晚、吃完晚餐，一天仍未結束。

到了面臨高中或大學升學考試時，便能逐漸感受到讀書時間不夠，一天變得相當短暫。

實際上，長大成人後，人生就會像拔腿狂奔似地不斷加速。經歷結婚、成家、養兒育女，轉眼已屆中年。

其後的歲月就如滾落坡道般稍縱即逝。待回過神來，兒女們已離家獨立，自己也即將退休，離開工作崗位。

等到含飴弄孫時，可能已滿頭白髮或頭髮稀疏。有少數人得以跟孩子同住，但大部分的家庭，都會因為孩子結婚而分開居住。也可歸因於孩子想要「隱私」。

言歸正傳，十歲時的鏡川龍二，偶爾也有機會從鄉下搭乘普通列車，前往縣政府所在的市區內。龍二就讀小學時，路上行駛的還是人稱「Ｄ５１型」的蒸汽火車；透過投煤到鍋爐內生火前進，火車奔馳時，煙囪還會排出陣陣煤煙。因此，位於下風處的座位，若是搭乘時拉起車窗，乘客臉龐還會被煙燻得一片漆黑。

這樣的蒸汽火車，後來逐漸被「柴油車」所取代；然而就算換成了柴油車，德島縣的人們，仍舊稱之為「火車」。時至今日，在德島縣內沒有「柴油車」，也不見「列車」或「電車」，舉凡在鐵軌上奔馳的，大家多半還是稱之為「火車」。

他就讀高中時，也開始搭乘蒸汽火車上學了。不過，十歲那年搭乘火車到德島車站的一個小時，在他心中簡直就像「無限」般漫長。

他在學校的公民與道德課上，曾學過「要親切對待老人家」的道理；每週一的朝會上，穿著長靴的校長，總會站上設置在校舍中央正前方操場的司令臺，對大家訓話十分鐘左右，而訓話內容不外乎要讓座給老人家，還有待人以禮的重要性。

只不過對龍二來說，在火車裡站上一個小時，實在令他苦不堪言；有時看見半途中好不容易空出來的位子附近站著一個老婆婆，他就會忍不住心裡犯嘀咕：「就算是小孩子，也會腳痛啊。」或許有人會認為他的行為純粹只是想反抗大人，但事實上他也曾懷疑，等自己長大成人後，是否就會忘記孩提時期在火車裡左搖右晃一個小時，連手都搆不著吊環、只能勉強站著這件事，是多麼令人疲憊了。除此之外，還發生過其他事情，讓他認為大人們並不懂小孩的感受或想法。

好比，他當時也聽不懂站在被漆成綠色的司令臺上的校長，口中說出的話。

山本校長經常引用偉人帕斯卡的箴言（勸戒世人的話），即「人類是會思考的蘆葦（譯注：日語中「蘆葦」的音同Ashi）」這句話。鄉下少年從未見過帕斯卡這般的偉人，因此不怎麼清楚這句話其中的涵義。況且，將最為進化的動物——人類，比喻成植物「蘆葦」，究竟有何種意圖？誰也不得而知。龍二當時擔任班長，他雖明白「蘆葦」意味著植物，但是那些每天身穿同一件滿是汙垢的毛衣、臉上掛著鼻涕的同學們，使出渾身解數也只能呆站原地，思索著「人類是會思考的腳（譯注：日語中「腳」音同Ashi）」究竟是什麼意思。燠熱的夏季朝會上，一定會有兩、三個人暈倒，被送去保健室。

另外，校長還有反覆使用「具體上」（看得見姿態、形體）這句話的習慣。龍二就讀小學一、二年級的時候聽見這句話，總是左耳進右耳出。然而，到了小學三年級左右，就能聽得出校長的發音似乎是「具體上（日語發音為Gutaitekini）」了。

可悲的是，因為還沒在教科書上學過，這句話在他耳中聽來就像「舞台上（日語發音為Butaitekini）」，他總是摸不著腦袋，不明白所謂的「舞台上」究竟所指為何。是校長喜歡戲劇舞台的意思嗎？然而，校長反覆說了這麼多次，「舞台上」這句話的意思卻根本說不通。班導也從不曾向他們解釋過這句話的涵義。鄉下的少年少女們能做的，就只有努力地立正站好。

更令大家困惑的是「客觀上」（其他人也這麼想）這句話。在開始意識到大學升學考試的時候，「主觀上」（自己的想法）與「客觀上」是極為重要的詞彙。然而，班上三分之一的同學是農家子弟，三分之一家裡經營商店，剩下的才是上班族的小孩。

鄉下小學的校長，不愧是畢業自知名大學的知識份子（Intelligentsia）。當校長腳下長靴響起喀喀的腳步聲，以一百八十公分的魁梧身材巡視各班級時，大家都緊張不已。雙手提著裝水的水桶，在走廊上罰站的孩子，更是害怕校長逐漸靠近的龐大身軀。而班長龍二有時也會被罰站，因此也有過丟臉的記憶。

（二）

為了讓各位瞭解鏡川龍二這個人，終究還是得先從他的家庭環境說起。

他居住的鄉鎮，位於一級河川吉野川的中游地區，稱為吉野里町。在他孩提時期，人口約八千人，但是現在減少了一千人，剩下七千人左右。

由於只要與隔壁鄉鎮合併，總人口數到達三萬人，就能升格為「市」，因此居民們多次協商合併的事宜。但是，當時郡內主要的公所位於吉野里町，合併後，行政中心將移至人口較多的隔壁鄉鎮，居民擔憂吉野里町將落得蕭條，於是紛紛反對，導致合併遲遲無法實現。

但在龍二前往東京工作後，過了幾十年，不知何時，吉野里町早已變成了「吉野里市」。

龍二經歷了吉野里托兒所、吉野里幼稚園、吉野里小學之後，即將升上吉野里國中。

父親鏡川虎造當年從深山的貧寒村落，搬到吉野里町上櫻這個地方時，尚且年幼。

祖父源左衛門出生於美利堅合眾國培里提督（最高司令官）率領黑船出現在浦賀外海之時。源左衛門前後似乎有過三次婚姻。據說他的第一任及第二任妻子，都是在多次懷孕生產之下而過世，分開的原因並不是因為離婚。

源左衛門五十歲之後結了第三次婚，對象是鳴門附近的寺廟住持之女，年紀只有二十歲；由於鏡川源左衛門當時擔任宮大工的工頭，因此應該是有人替他介紹的吧。所謂的宮大工，是指專門修建神社佛閣的工匠，等級似乎比建造一般住宅的工匠高上許多。龍二小時候，也曾向祖父源左衛門請教過他建造的石燈籠，以及吉野里神社的透雕。

源左衛門第三次結婚時，又成了男、女、男、男四個孩子的父親，父親虎造排行老三，是家中二男。長兄靠自己念完東京的大學，任職於東京都廳的同時，身兼二職，成為職業西洋畫家，也擔任東京都的美術評議員。虎造的姊姊靜代，國中起就遠赴東京，住進職業作家家中幫忙家務，同時也擔任助手，立志成為小說家。

不久後，她獲得了幾個新人獎，還兩度入圍直木賞候選名單。只不過，她後來還是返回故鄉，在弟弟虎造的照顧下過了十年。

二男虎造既有繪畫天份也頗具文采，卻不擅長停留在一個地方持續工作，屬於什麼都會，但什麼都不專精的類型。他曾在青年學校擔任過國語教師三年左右，後來認為自己「沒辦法繼續在這種只有石子和蛇的深山學校擔任教師」，轉而投身革新路線的政治運動。由於他擅於演講、注重理論、妙筆生花（文筆很好），後來成了縣府政黨宣傳雜誌的主筆（論說委員長）。

但是，那段期間他似乎也曾換了二十幾份工作，用包袱巾裹起革新路線政治理論的書籍，在山中四處逃竄。

另一方面，虎造在年輕時，好像曾拜矢內原忠雄為師，加入他的無教會主義基督教接受教誨；也曾在乃木坂的道場裡，聽過宗教「生長之家」的初代教祖．谷口雅春講道。他還曾師事（拜人為師）提倡自由律詩「格俳句」的松村巨湫，也在第二次世界大戰及戰後數年期間，成為俳句雜誌《樹海》的高徒（特別優秀的弟子）。

虎造關心宗教、哲學與政治，但是他這個人似乎容易看到別的事物就改變心意，且性子急躁。

某家理髮店二樓是政黨的祕密分部，他就在往來此處的期間，認識了後來成為龍二母親的君代。君代當時還是一位實習的美容師。虎造外型帥氣，略帶電影明星的外表，看起來像是個聰明的

Intelligentsia（知識份子），因此是母親先喜歡上他的。她不顧雙親的反對，在吉野里町和沒有收入的虎造結了婚。虎造向吉野川銀行貸款，蓋了一棟附設理容院的木造房屋，不過他卻哄騙應該要收取費用的工匠師傅，讓對方成了貸款的連帶保證人（共同負責人）。由於建造便所（廁所）的經費不足，虎造便親自修建了一間木造廁所，靈巧地堆砌石塊，蓋成了讓排泄物撲通落下型的汲取式旱廁。說他繼承了祖父宮大工工頭的血脈，似乎也不為過。

婚後，就在長男修一即將出生時，礙於周遭的目光，虎造在自家附近的廢棄廠房裡，創辦了「四國製針株式會社」，成了社長。

製針有一定的市場需求，但由於員工趁他前往大阪銷售商品的期間混水摸魚，加上瑕疵品不少，開業才三年左右，公司就欠下一筆債，宣告破產了。虎造在修一的弟弟龍二出生時罹患了肺結核，住進了結核療養院。據說妻子君代看見虎造咳血在洗臉盆裡的血量，還嚇得差點暈厥（突然失去意識昏倒）。

虎造出院後，在和自己公司同類型的公司裡工作了兩、三年，後來經由熟人介紹，進入德島縣政府畜產課分室的社團法人工作，情非得已地在那裡工作了將近三十年。這份工作得經常出差，似乎和他好動的本性很合得來。後來，他也被視為公務員，不僅晉升到次長的位置，還取得了「畜產顧問一級」的資格。不僅在德島縣，他積極推動四國四縣的農家轉換跑道，改為從事酪農業或養雞，以及幫助放棄務農的農家重建。他還在專門雜誌上撰寫論文，也透過廣播開設「前景明亮的農業」課程，人們開始稱他為「老師」。

父親虎造底下還有一個弟弟，任職於東京的出版社，同時也是漫畫家。鏡川一家身上似乎流著色彩濃厚的美術、藝術類血脈。

祖母照代是真言宗寺廟住持之女這點，也讓人深切感受到佛緣（與佛之間的連結）。

我打算讓比龍二小一歲的妹妹・直子，在往後的故事中登場。

（三）

在此先稍微描述一下龍二母親那邊的背景吧。

不顧雙親與兄弟姊妹反對，和年長十一歲的虎造結了婚的母親君代，性情似乎也有些乖僻。往後她曾述懷（敘述心中的想法）表示「如果當年雙親贊成我結婚，我可能就不會結這個婚了」，可見她是那種父母親越反對，她就越想結婚的類型。由於上述緣故，母親極少返回娘家。只有舉行葬禮和法會時才會回去。

虎造也覺得與龍二母親的娘家，村中家相處起來氣氛尷尬，兩家人之間的關係直到長男鏡川修一考上京都大學、龍二升上國中三年級那年才得以修復。也就是鏡川家將原本的房子翻新，改為鋼筋水泥建築那時候。

龍二的外祖父過去是德島市內的庄屋。庄屋一職類似今天的村長，負責向佃農收取年貢，再統一上繳，也是負責請求上頭減免稅收的名譽職務，在地方上算是有頭有臉的人物。

外祖父有八個孩子，只有長男與么弟兩人是男孩，其他六人都是女孩。母親是第二個女孩，家中排名老三。長男是一名船員，在港口與一名獨生女陷入熱戀，成了對方的贅婿，因此排名老八的二男才成了繼承人。二男後來成為建設公司的老闆，多虧他接下了鏡川家改建翻新的工作，兩家才有機會和解，讓外祖母也願意來吉野里町的鏡川家了。

因此，在龍二的記憶中，他只去過母親的娘家兩次。

第一次是在小學一年級時，外祖父過世，舉行了葬禮。龍二對母親娘家幾乎毫無印象，依稀只記得出殯的事。火葬後，他與身穿黑色和服的人們，一起將骨灰罈埋入位於草原上的墳墓裡。由於他當時還小，記憶不怎麼可靠，但是他彷彿在車裡聽見外祖父「明明是男人，卻死於乳癌」這句話。

隨著升上小學四、五、六年級，龍二的體型也逐漸變得肥胖，甚至像相撲選手一樣長出了乳房，他有時會不禁擔憂，心想「自己或許也會死於乳癌」。

第二次去母親娘家，是小學五年級的時候。原因大概是母親家親戚不知道第幾次的祭祀法會，還是舉辦葬禮。他還記得這時候房子裡的模樣，還有和尚誦經超過一個小時害他雙腳麻痺，以及供品「國光蘋果」和「印度蘋果」看起來太美味，他想將那些供品帶回家享用的事情。他也清楚記得外送的壽司，還有在又大又紅的西瓜上灑了大量鹽巴、大家一起吃掉的情景。不可思議的是，這兩次都沒有父親和哥哥在場的記憶。

母親的姊妹們都是職業婦女，而且都經商。入贅後換成岳家姓氏的長兄不再當船員，改為繼承妻子的家業，成了小餐館的老闆。比龍二大上十歲左右的堂哥，進了德島大學工學院。外祖母在長男入贅別人家時，一度差點發瘋。畢竟當初那個時代，一般都是由長男繼承家業才對。婚後經過二十年，開始有人說「八個兄弟姊妹之中，龍二母親君代最有出息」。實際上，他們一家子多半都愛喝酒，大家似乎都不怎麼長命。只有外祖母和體質上無法喝酒的母親比較長壽。

由於有八個孩子，外祖母並不怎麼擔心老後的日子，但是大家都知道，她只要手邊一有錢，就會立刻給最小的女兒零用錢花用，於是她老了之後便被當成皮球踢來踢去，最後還被丟進醫院裡。這也有可能是她嘴巴總是得理不饒人的關係。不過，外祖母可是一位超能力者。

自從她被送進醫院之後，她若是希望有人來探望自己，只要將那個孩子的名字寫在紙上再搓成紙繩，綁在病床枕頭邊的鐵製扶手上，那個人就會頭痛欲裂，立刻明白「老媽又在呼喚我了」，因此必須前往醫院，請她將紙繩取下。完全不需要行動電話或智慧型手機。

母親君代在沒有娘家親人的照顧下，生下了長男修一和二男龍二。她直到分娩前一天都還在工作，她只讓產婆用裝入熱水的金屬洗臉盆幫她接生，隔天立刻又起床打理家事。

詳細情形至今已不得而知，但是龍二曾聽母親說過，從長男修一到二男龍二誕生相隔了四年，是因為她夢想著能讓兩個兒子都上大學的緣故。

只不過，龍二長大成人後，曾無意中聽見流言指出，君代的兩個孩子之間，可能還有一個人工流產掉的孩子。那是父親虎造在某個機緣下說漏嘴告訴他的。後來，龍二出生的第二年，直子出生了。

想必是因為母親有了現金收入，而且父親也開始工作，讓他們對未來產生了希望吧。

龍二對於突然出現的競爭對手大為吃驚。

不過，他倒順其自然地接受了自己開始被寄放在保母阿姨家的理由。

父親會在假日晚間過來接他回家，他還記得在父親背上看到的朦朧月夜，以及德島本線軌道緩緩彎曲的景色。對龍二而言，和別人家小孩一起吃飯，令他非常悲傷。

他甚至冒出「我是沒人要的孩子嗎？」這樣的感受。

後來，即使到了讀托兒所、幼稚園的年齡，龍二還是會大吵大鬧，於是有客人上門光顧的時段，父母偶爾會用棉被將他捲起來，塞進壁櫥裡。至於直子哭泣，大人總是說她年紀還小，會哭也是無可厚非。

五歲時，龍二有時候會不吃晚餐就跑出家門外，蹲坐在家旁的小巷裡，或是在母親拜託他將晾曬的衣物收進屋裡之後，拿茶壺淋上熱水，甚至將砂糖灑得到處都是，因此雙親都認為「龍二是個壞孩子」，決定要懲罰他。

母親從背後壓住龍二，父親用火柴點火，朝他右手食指燙出一個疤痕。即使六十年後的現在，依舊殘留著小水泡的痕跡。

（四）

由於出現了懲罰這個詞，就再稍微提一下。在龍二小時候，父母親體罰孩子並不怎麼罕見。學校的老師也一樣，尤其是體育老師等等，扮演黑臉、體罰孩子，在教育上被視為理所當然。因此，最近只要受到「職權霸凌」、「性騷擾」就立刻大呼小叫的風潮，代表社會親切過了頭，龍二實在無法理解。只要公司的工作稍微辛苦了點，就立刻指責公司「黑心」，或是出現戰爭的危險，就一再傳出防衛大學畢業生拒絕任官的消息，龍二對此完全不能苟同。女性一搭上客滿的電車，就會遭到色狼上下其手也奇怪得很。因為要解決電車客滿的狀態，當然是鐵道公司的責任。龍二怎麼樣也無法跳脫出一路走來總在忍受著不講道理與不方便的「昭和男人」這個框架。

遭父母在手上燙出疤痕一事發生在就讀小學之前，後來，不少人勸告龍二父母「上了小學之後的體罰，會留在孩子的記憶裡，所以最好別再體罰孩子了」，於是龍二再也沒受到類似體罰的待遇了。

其實，父親虎造在孩提時代，也曾受到祖母照代的「懲罰」，他似乎很想重現那樣的體驗。

父親六歲時，祖父因高齡過世，一個女人家要在下田工作的同時拉拔四個孩子長大，照代的管教似乎相當嚴格。虎造好像也曾被祖母用繩子吊在附近神社祠堂的神木上，以及夜裡被綁在墓碑上之類的恐怖體驗。也難怪他會想強辯說他正是因為如此，長大才變得這麼大膽無畏。

龍二升上小學四年級的時候，發生了一點小事件。當時，鏡川家中還沒有浴室，總是由父親帶著長男與二男步行前往一百五十公尺外的吉野澡堂洗澡。某天夜裡，長男修一在去澡堂之前，就先逃出家門躲了起來。由於怎麼找都找不著，父親便透過鎮上的有線廣播公告：「鏡川修一不知去向。發現他的人，請聯絡鎮公所或警察局。」於是修一不知去向的事件，變得鎮上居民人盡皆知。到了深夜，他被人發現躲在後面山谷與縣道交叉口的橋下。

與其說是父親鬆了一口氣，大發雷霆還更加貼切。那天碰巧是週一，母親的工作也休息。父親決定要懲罰這個無故驚擾眾人的長男。他將修一綑綁在理容室中供客人等候時休息的長凳上，並用毛巾堵住了修一的嘴。修一在一聲也發不出來的狀態下，被丟棄在五坪多、漆黑一片的房間裡，直到早上。

「怎麼會有這麼任性的傢伙。」父親簡直怒不可遏。和家人討論此事時，母親君代不經意地問了他一句：「老公，你在澡堂是不是會自己順手把修一的毛巾帶進大浴場裡？」

父親回答「是啊」，但卻是一副「那有什麼不對」的態度。母親連珠炮似地回答：「修一下面也差不多長出了黑毛，他想用毛巾遮擋，你卻拿著孩子們的毛巾先進入大浴場，所以他才會害羞得逃跑吧？」龍二和直子完全沒想過謎底竟是如此。事實上母親說的似乎沒錯。父親分明很疼愛孩子，卻因為性子急躁，有時總顯得思慮不周。

隔天，就讀國中二年級的修一到了學校，不知道會有多丟臉。一定會被大家不停追問「你怎麼了？你怎麼了？」吧。

最糟糕的是，虎造總一直認為小孩就是小孩。他忘了修一當時可是全學年第一名，也是學生會長這件事。哥哥也有榮譽心。這次事件在檯面下留下了影響，也成了虎造晚年不幸的原因。只是父親當時還沒發現，自己的愛操心竟喚來了不幸。

經過這場騷動，鏡川家決定在自家附近的廢棄廠房靠近山谷那側，建造一間浴室。虎造在玻璃窗塗上白色油漆，以免外頭的人看見，再以磚頭固定四角形檜木浴缸的四個角落；因為會在室內燒柴或加熱木炭，所以也立了煙囪。虎造自行製作家具、改造環境的功夫可謂一流。至於燒洗澡水和隔天的刷洗浴室，則是二男龍二的工作。

鏡川家人會輪流從自家走到旁邊的浴室。久而久之，負責打理浴室的龍二，晚上便開始留在廠房二樓讀書、過夜。那裡簡直就像鬼屋一樣，可怕至極。那座還留著製針工廠老舊機器的廢棄廠房，可說是最適合鬧鬼的地方。不僅如此，在父親虎造之前，據說還有其他親人先後成立了兩家公司，但也都倒閉了。連續三代破產的這棟房子，恐怕就是用「風水」占卜，也會出現「大凶」吧。

但是，哥哥也是在這裡準備大學考試的，哥哥不在之後，龍二有時也會獨自一人窩在此處。

雙親都覺得這棟鬼屋危險，不讓妹妹直子住進這裡。

這間廠房雖然陰森詭異，但對龍二而言，從小學四年級開始，就有了一個可以供他獨自讀書、思考的房間，他非常滿意。

晚上過了十點，父親就會端宵夜過來，順便查看他的情況。夏天冰涼的可爾必思和麥茶美味至極。

哥哥修一就讀高中時，常因為桌球社的社團活動疲憊不堪，總是習慣小睡一會，再叫弟弟龍二在晚上十一點半左右叫醒他。十二點好像有個廣播講座，名叫「百萬人的英語」，修一會收聽那個節目，讀書讀到兩、三點左右。

早上六點過後，父親會到廠房來餵家裡養的狗「ＴＡＲＯ」。龍二總會邊聽著「ＴＡＲＯ」汪汪叫的聲音，在六點半離開廠房回到自己家中，吃完早餐後再去上學。小學是走路去，國中則騎腳踏車到兩公里外的地方上學。

（五）

在此也稍微寫些關於孩提時代的遊戲吧。

就讀托兒所的時期，有個會在沙坑裡吃沙子的男孩，不知為何，龍二覺得那男孩吃沙的行為充滿男子氣概又帥氣，於是不認輸地與對方展開吃沙子的競爭。後來，龍二被母親斥責「那孩子智力發展遲緩，不准你模仿他」，但是他堅持表示，既然其他小孩吃了不會死，自己當然也不會死。由於那是一所公立托兒所，所以不用考試，附近的小孩皆可就讀。之後龍二還曾以隊長的身分，帶著大家從托兒所的籬笆逃走。

在托兒所讀了兩年之後，龍二進入了附近的公立幼稚園。就是在這個時期，人們稱他為壞小孩「三個搗蛋鬼」。幼稚園對面有條斜坡，通往下方的田地。斜坡對面有一小片竹林，還長了繡球花。

龍二偷偷抓了很多蝸牛。當然他的目的是為了帶回家吃。結果被老師痛罵一頓，告誡他要珍惜生命。

有一次，他從溜滑梯上方頭下腳上地摔了下來，額頭縫了足足十二針。傷口深可見骨，母親君代嚇得差點昏厥。

最知名的是他們三人組，曾在幼稚園內的鬱金香花圃裡玩耍，砍下鬱金香花朵藉以取樂。老師們奪門而出，當場制伏了他們。他們被兩位老師扛在肩上，邊看著天花板邊送到園長室去，被園長狠狠地教訓了一頓。但是，龍二一句「對不起」也沒說。因為他真的樂在其中。其中一個同學是醫生的兒子。

校醫聽說龍二之前縫了十二針的時候，一次都沒哭過的事，以及砍下鬱金香花朵後，不肯向園長說「對不起」的事，於是說了一句「龍二不簡單啊。膽子真大。」這讓雙親都露出複雜的表情。小一歲的直子，有時會向父母親打小報告，揭露哥哥的惡行，因此龍二開始有些在意起別人的目光。

剛上小學那陣子，父親與哥哥經常下將棋。兩人的對弈很正式，哥哥修一買了一本名叫《百萬人的將棋》的攻略解說書，記住了將棋的戰法，以及詰將棋的四十八招等等。

母親閒暇之餘，會用奇異筆在瓦楞紙箱上畫線，有時還會陪龍二下下夾將棋，但龍二很快就失去了興致。鑽過護欄，位於鐵道另一邊的岡島家是戶大農家，他爺爺常坐在外頭和附近鄰居下棋。因此，雖然對手大自己一屆，但龍二還是經常去他家下起真正的將棋。哥哥的國中得開始準備升學考試，就不再下將棋了。所以，龍二的將棋經驗只有小一、小二這兩年。但是，小時候學會的事情，可以在記憶中留存許久。後來經過了二十年，在公司的名古屋分公司裡，半強制性地被迫加入了將棋社團。為了測試龍二的實力，龍二與擔任將棋社社長的化學藥品部部長（五十歲）互不讓子（公平地）進行對弈，結果龍二將了部長一軍。業餘四段的部長遲遲無法出手，最後讓龍二獲得了勝利。

他還與業餘二段的將棋社主將交戰兩次。龍二起初採用「居飛車戰法」，卻敗得一塌糊塗。第二戰，龍二突如其來使出「扭轉飛車戰法（ひねり飛車戰法）」。將「飛車」下到「角」的正右方，讓「飛車」上頭的「步」前進一步，打開了斜向的「角道」。新人突然變強，令主將大吃一驚。龍二趁勢殺入敵陣，連續發動攻勢。

主將只剩下國王一顆棋，在棋盤上四處竄逃。後來時間拖得太長，只好中途結束。

對方或許抱持著一種成見，認為龍二很聰明。但是，可以知道的是，小時候的修行多少帶來了一些幫助。

岡島爺爺過世之後，龍二也不再與附近鄰居對弈了。據說那個岡島爺爺打從死前一週左右就化成了人魂，從家中的屋頂進進出出。

小三到小四這段期間，龍二都在小學後方田地裡的「後操場」玩「棒球」，直到日暮西山。龍二等人的「棒球」，正確來說應該是壘球才對，大家逼迫龍二擔任捕手，用他逐漸發胖的身體來擋球。

有一次比賽輸了，擔任投手的山尾嚎啕大哭，然而龍二卻一滴眼淚都沒有，也看不見絲毫的不甘心，山尾因此和龍二大吵一架，龍二也不再玩「棒球」了。

小五、小六這兩年，小學也有正式的社團活動。因為哥哥在國中也打桌球，所以龍二也加入了桌球社。光是學校的練習還不夠，他便到位於郵局前面的警察局借用桌球桌，跟好幾個人練習。龍二成了桌球社社長。他切球的技術精湛，擅長將變化球打到對方球桌邊緣。

後來，他進入大學，在通識教育學程的體育課上，選修了半年的「桌球」，結果打遍天下無敵手，比體育老師還要厲害。因為打桌球變得無趣了，他又在體育課中選了半年的「硬式網球」，雖然他僅有國中三年打過「軟式網球」並擔任隊長的經驗而已，但打起硬式網球依舊遠比班上同學或體育老師來得厲害。大學時，四個學期（兩年）的體育成績全都是「A」，他這才明白鄉下的潛力。

我也稍微寫些關於國中網球社的事情吧。

母親喜歡油膩的食物，加上只要把剩飯一掃而空就能令她欣喜，因此小學高年級的龍二每年都會胖上十公斤左右。

小六時，他變得相當肥胖，龍二認為若用成績來看，應該會是自己選上兒童會長，然而最後獲選的卻是其他學生，龍二只能當副會長，令他非常沮喪。因為這不是透過學生選舉，而是老師選擇的。

吉野里町和隔壁城鎮只有一所國中，這時他聽見一個傳聞，據說隔壁城鎮的小學老師曾表示：吉野里小學有個姓「鏡川」的學生似乎很會讀書，但通常那樣的孩子上了國中，成績就會停滯不前。

龍二國中時之所以加入軟式網球社，也是因為哥哥曾說過網球社感覺最輕鬆。網球社顧問中本老師看見龍二的體型，很驚訝於他的皮帶扣好後只剩下前方一小截。大家都認為依龍二的體型，不可能從事網球運動，但龍二經過一年的慢跑、兔子跳、青蛙跳，加上暑假每天早晚兩次練習，皮帶已經可以繞到後腰，身材也變苗條了。

龍二控球能力極佳，十次發球有九球能打進角落的箱子中。以後衛身分打來回球（對打）時，他會先解讀對方的球路，並搶先一秒的開始行動，以免落後。他每週練習六天。借用母親的話來說，他只有考試前社團暫停的那一個禮拜才會讀書，不過，他其實會在自家附近的廠房二樓南邊的房間，讀書讀到深夜四點半。

所以他的成績不管在郡裡還是縣裡，都是名列前茅。

當他聽說東京的完全中學每週只有一次社團活動，以及高二的上學期就得退出社團一事，著實嚇了一大跳。因為那樣就算不上社團活動了，而是每週一次的暖身運動吧。

高中時，他進入德島的「一高」之後，一週有六天都在練習劍道。畢竟他起步較晚，所以努力到了被人稱為「劍道狂人」的程度。雖然並未進步很多，但他認為至少養成了從事「格鬥技」的習武者之心。

（六）

翻閱父親虎造留下的「新體．短詩句集《吉野川》」，就可見到裡頭寫著這樣一首格俳句。

「將兩隻蝌蚪　裝入橡膠雨鞋
返家的兒子」

這樣的小孩只有可能是龍二。雖然不知道他當時幾歲，但在童年時期發現蝌蚪、用橡膠雨鞋抓住牠們，一定令他高興不已吧。

他也曾經走入剛插秧的水田抓螯蝦。戰後糧食不足，從美國輸入的螯蝦被放入田地、河川、池塘，變成人們的食物。螯蝦在美國原本會長大變成龍蝦，是一道足以媲美伊勢龍蝦的佳餚，但是日本的螯蝦卻長不大，只有十幾二十公分。水田的泥潭洞穴裡有螯蝦。先引誘牠們出洞，悄悄將捕蟲網放在後方，再朝牠們前面撲通一聲丟入石頭，就能順利抓住向後竄逃的螯蝦。而在濕地裡，只要翻開小瀑布前的石頭，就能抓到河蟹。這些都是令龍二懷念不已的回憶。

應該是四、五歲左右吧。在龍二心中描繪的景象裡，也曾浮現過自己坐在手推車上，搖搖晃晃地經過河堤上凹凸不平、充滿泥土與碎石的路面，從吉野川潛水橋往下游方向前進的景象。數百公尺前方的河川氾濫，沖積出一塊新的土地。虎造就在那片面積不大、位於竹林附近的土地上，種植地瓜及馬鈴薯，儼然就像二宮尊德一樣。關於土地所有權與使用權限屬於誰並不清楚，但是上頭有鏡川家的田地是無庸置疑的事實。龍二不關心那些薯類，他只覺得附近的竹林令人毛骨悚然。

竹林中的竹子，有的還可以看見有人用五寸釘將詛咒用的稻草人偶釘在上頭。方法是將欲想透過詛咒殺害的對方名字寫在稻草人偶身上，半夜三更時分，偷偷以五寸釘將稻草人偶釘在竹子上頭。據說下咒時不可以被人瞧見。大部分會這麼做的似乎都是女性，稻草人偶身上寫的名字則多半是丈夫的外遇對象，或是有家不歸的丈夫本人的名字。對於同一個城鎮內，竟存在著會釘稻草人偶詛咒別人的女性，龍二不禁打起冷顫。

竹林距離吉野里神社也很近，因此說不定真的很靈驗。有次龍二坐在回程的手推車上，腳不慎夾入巨大車輪的輪圈裡，不幸扭傷了。

他懷疑那是否出於妖魔作祟。後來龍二越想越害怕，再也沒去過那塊田地。

在被稱為岩石之鼻，也就是神社大大向外突出的尖端下方，有好幾間戰後建造的木造房屋。因為就在河的沿岸，所以當時都以「河濱」稱呼那一帶。地點位於潛水橋往上游不遠處。其中一間房子裡，住著一位老爺爺，他是鏡川家的親戚。老爺爺每個月會出現在老家一次，約龍二去釣魚。父親那邊的親戚組成很複雜，龍二不知道那位老爺爺屬於什麼輩分。

但是，他的家門口就是吉野川，只要從大岩石上方朝深淵垂下釣魚線，立刻就能釣魚這點實在很吸引人，因此龍二有時候會跟著老爺爺一起去。老爺爺釣魚時，釣竿總是保持四十五度角。龍二和父親一起去釣魚時，釣竿角度總是趨近水平，因此老爺爺的釣法令他感到非常不可思議。關於河濱老爺爺的記憶，到了小學低年級時就已然消失，因此老爺爺可能已不知不覺中過世了。

龍二就讀小學的時期，除了上述的老爺爺之外，還有一位每年會從大阪回來一、兩次，每次都會順道過來鏡川家的阿姨。她總是帶著一串香蕉當伴手禮。她似乎是鏡川家本家的親戚，但龍二聽說那個看起來至少有四十歲以上的人，竟然是他的堂姊，龍二怎麼也想不透。追根究柢來說，位於德島縣西部的本家，龍二一次都還沒去過。

言歸正傳（回到主題），父親虎造經常帶龍二去釣魚，讓他擔任助手。會這麼做，是因為父親曾在年長四歲的哥哥修一就讀小學一年級時帶他去釣魚，不過一條魚也沒釣到，而且哥哥討厭不停扭動的蚯蚓，因此他去釣魚的經驗也就僅止於那一次。另一方面，龍二喜歡釣魚，因此他小學時期的每個週日，以及國高中時也偶爾和父親一起去釣魚。高中與大學時期，龍二收到女孩的來信，跟父親大吵一架後，父親與他和解時所說的話：「週日要不要去大正池釣鯉魚？之前有一天傍晚，有一隻長達一公尺的紅色鯉魚，撲通地跳出水面喔。」也是釣魚的邀約。龍二清晨四點左右就醒了過來，滿心雀躍地想著要去釣魚。但是，大部分的時候，都落得空歡喜一場，父親總會告訴他：「你下次再來，下次再去釣鯉魚。」還有一次，父親在寒冬中邀他去釣鯽魚，結果一條也沒釣到，卻撿了在後面山頭發出窸窸窣窣聲響的流浪狗回家。那隻狗應該就是二代TAROKORO吧。

不管釣不釣得到魚都不會抱怨，也是龍二的優點。父親生性靜不下來，老是不斷更換釣魚地點，龍二沒注意到父親急躁的性格，總將父親視為職業釣師，非常尊敬他。也可以說，這正好是他和哥哥修一性格上的差異。

（七）

我再稍微聊聊龍二的心靈傾向吧。

剛上小學一年級的時候，他不知何時開始讀起了每個月都會從附近香菸店兼書店寄來的「世界名著」全書。這套書中的字彙量遠比小學教科書來得多，龍二到現在也不知道他為何看得懂。

不過無庸置疑的是，自家旁廠房二樓南側的房間，住著小說家姑姑鏡川靜代，而她每晚都會來家裡吃晚餐。姑姑在龍二讀小三之前都住在那裡，直到龍二升上小四時，才搬到德島市內的一間出租公寓。而原本姑姑的工作室，就成了龍二的書房。

姑姑還在鑽研如何創作小說時，龍二常去她的住處遊玩。龍二到訪時，她有時在寫小說，有時在讀書；偶爾也會碰上她在打掃。姑姑打掃的方式有些獨特。她會將已經泡到無味、還帶著濕氣的茶葉撒在榻榻米上，再拿掃帚如翻炒茶葉般掃掉。她這麼做，似乎是因為茶葉渣會吸附並帶走所有灰塵和髒汙，還有殺菌的作用。不僅如此，房間裡還會飄盪著淡淡的茶葉清香。

早餐和午餐，她會自己做點什麼來吃。北側一樓有個老舊的廚房。有時，她會使用紅紫色的洋菜做些點心，龍二也吃過。雖然不知道作家的日常生活算不算困難，但是龍二也算親眼見識過了。

每次到了夜裡，姑姑就會踩著木屐發出喀啦喀啦的聲響，來到自家裡。目的是為了吃晚餐。不知該稱她為高等遊民，還是她弟弟家的食客，她每晚過來都會跟龍二父親討論她正在執筆的小說。小孩子們不敢插嘴，總是邊用餐、邊聽著他們談論的內容。母親則總是像逃避似地站在廚房裡，不知道在煮些什麼東西。

有時候，姑姑會拿著一疊稿紙過來，讓父親讀並且聽他的講評。哥哥偶爾也會閱讀原稿並說些什麼。弟弟龍二與不算數的直子只能在一旁發呆。

但是，可以在小學低年級聽取職業作家談論文學，而且是關於現在執筆創作中的作品構想，給龍二帶來不少刺激。

哥哥修一在小學高年級時，已經在看德島新聞報的頭版報導以及社論等等，代表他某個程度讀得懂內容吧。

龍二記得的，還有姑姑住進東京的知名作家的家中擔任助手時，帝大生（東京帝國大學生）們會在晚上登門來談論文學，龍二覺得那群帝大生非常耀眼，對他們欽羨不已這件事。

此外，龍二也理解到由於影印費用昂貴，所以再用鋼筆謄寫一次原稿後，才寄給出版社編輯的做法。

父親虎造有時也會在週末撰寫小說，因此也曾經針對父親的作品進行過討論。龍二閱讀過父親的小說原稿，大意是農家為了讓牛肉變得更柔嫩，於是讓肉牛喝啤酒、無微不至地照顧牛隻，最後拿下了一等獎，並以五百萬圓價格賣出肉牛的故事。只可惜父親的作品沒能拿下新人獎。但是，身穿及膝短褲盤坐在小茶几前面寫著小說的父親身影，至今仍烙印在龍二眼底。龍二總是心懷尊敬地望著父親的身影。

相較於小說，其實父親可以算是俳句專家。他曾在朝日俳壇拿過一等獎，也曾在文藝雜誌中獲得特別獎。

名為〈怒犬〉的短篇，還曾刊載在月刊雜誌上。龍二曾經從位於自家附近廠房的姑姑房間壁櫥裡取出那本雜誌閱讀過。以小孩的心情而言，他當時認為「這一定很不得了吧」。在孩子的心中，認為那是一篇曠世巨作，但後來長大成為大學生，再將那本雜誌找出來一看，才發現不過是僅僅一頁的專欄，令龍二有些失望。只能說，對小孩子而言，不管什麼都能讓他們心生佩服。

不過，姑姑的確是在龍二的書房裡，寫出了入圍直木賞的候選作品，不得不令人意識到流在鏡川一家身上的文科血脈。

龍二在三十多歲就寫了數百本書籍，聞名全國的時候，一位老記者調查過鏡川家，寫下了「龍二文采非凡，想必是因為血統」這樣的結論。這也是事實。

龍二在小六的畢業文集裡，寫下了關於「凹珠母蛤在沙子及玻璃片的折磨下，才能產出迷人出色的珍珠」的作文。身為小說家的姑姑，看過那篇作文後，還拿下了眼鏡，擦拭雙眼的淚水。接著對他說：「你說你必須比別人努力三倍，好不容易才能跟別人一樣好。但我相信總有一天你會獲得大家認可的，所以你一定要加油。姑姑覺得你文筆很好喔。你們班導的評語看走眼了。」

十多年後，龍二自費出版並印刷了一百冊名為《愛的過去與將來》的詩集，過年返鄉時，送了一本給姑姑。姑姑在回程前往德島車站的火車中，讀了將近半本詩集。然後，從德島車站用公共電話打了一通電話給龍二。

內容是「你的詩集，我現在雖然只讀了一半，不過我覺得你的內心清澈而美麗。請你一定要跟能夠理解你，且心靈純淨的女孩結婚。你寫下的字句實在太優美了，姑姑實在很感動」。

差不多兩年之後，龍二在滿三十歲那年，辭掉了工作。他打算成為宗教家。盂蘭盆節回到老家時，小說家姑姑也回到老家來。當時姑姑每天都在《德島新聞》的早報上連載歷史小說。

客廳裡，父親虎造得意洋洋地把以他名字出版的八本靈言集排放在桌子上。初版印了八千本，每次再刷的數量都是各兩千本，已經賣出超過十萬本。他露出一臉驕傲的神情，彷彿在說著「怎樣？了不起吧？」

姑姑拿起靈言集仔細端詳。接著，看見龍二的名字以共同作者的身分小小地印在書的後面。

「初版就印了八千本，實在太厲害了。賣出這麼多本，也稱得上大師了呢。不過，這哪算是你的作品？怎麼會用你的名字宣傳呢？其實是你兒子寫的吧？應該以鏡川龍二的作品出版才對。我身為一名作家，無法認同這樣的做法。」

虎造：「我準備跟老大修一開一家補習班，需要資金。所以，得用書的版稅來填補補習班的赤字才行啊。」

靜代：「你錯了。書的版稅應該留給龍二用來創立宗教。關於靈界和靈魂之類的東西，我只有一知半解，也不是很關心，但是這本書應該以龍二的名義出版才對。」

正因為姑姑那番話，龍二決定以後都要用自己的名字出版靈言集。雖然父親和哥哥說「我們打算在四國四個縣都開設補習班分校，從經濟上支援你的宗教」，但龍二也決定要「independent」（經濟上也要獨立）。並在三年後，接手了倒閉的補習班高達兩千萬日圓的負債中的絕大部分。

自家附近那間一百二十坪的房子出售了。結果正如父親和哥哥開設補習班之前，龍二所預言的一樣。他叮囑過兩人：「爸爸一定會賣掉我們家附近的那間房子。到時候，你們就知道該關掉補習班了。」那時，父親回答他：「我要跟你斷絕父子之情」，但是龍二並未扭曲自己正確的主張。

（八）

我們再稍微談一下，關於龍二那群壞小孩從小學低年級到中年級的遊戲場所吧。

讀過《頑童歷險記》和《湯姆歷險記》之後，龍二也沉迷於探險和打造祕密基地。

從阿波・吉野里車站月台往德島車站方向，走約一、兩百公尺處，有個通稱「鑿口」的地方。那裡就像是把山丘撕裂開來並裝設上鐵軌的地方，設有平交道與柵欄。

那群壞小孩老是在打些壞主意。如果在鐵軌上放石頭，就構成了犯罪。但是，如果鐵軌上碰巧出現些小的生物，那就不足為奇。鐵軌旁邊的小溝槽裡有許多「蠑螈」。牠們長得有點像蜥蜴，但腹部呈紅色，手上有蹼和吸盤。而家裡牆壁和天花板上爬的是「壁虎」，腹部呈白色，是不一樣的生物。

那群壞小孩用芒草的莖，做成一個前端正好能釣起「蠑螈」的圓環，套在溝槽裡水窪中的「蠑螈」脖子上，再拉緊圓環把牠們拉上來。接著將牠們紅色的腹部朝上，排在鐵軌上頭，然後便躲進草叢裡，觀看從德島車站方向來的火車輾過牠們時會怎麼樣。有時蠑螈會被輾成肉醬，壞小孩便會發出「耶」的歡呼聲。只有龍二口中念著「南無阿彌陀佛、南無阿彌陀佛」——如果我真是這麼說的話，就是在撒謊了。我正在深深地反省！

爬上山丘的小徑，麻櫟的樹椿上爬滿了獨角仙。櫻花的樹幹上，油蟬的叫聲震天響，輕而易舉就能用捕蟲網抓到牠們。

學長姊在的話，他們會用繩子將俗稱「2B彈」的沖天炮綁在油蟬背上，再點火放開。

被選中的油蟬會像當時自衛隊的主力戰鬥機「F104」一樣，在上空十公尺處爆炸。南無阿彌陀佛、南無阿彌陀佛。就此，「龍二感受到人世無常，便出家了」——這樣的事並沒有發生……。

山丘再往上還有一片草原。

龍二等人在凹陷處挖掘洞穴，再用布搭建帳篷。

然後心花怒放地說：「我們的基地完成了。」

經過三十分鐘左右，一名腰上纏著手巾、頭戴草帽的老爹，握著鐮刀走了過來。

「你們這幾個，在別人的土地上亂挖，是在搞什麼！」聽見老爹破口大罵，大夥就像小蜘蛛一樣四處竄逃。

這座山丘還有水泥製的排水管，架設在鐵軌的溝槽中；有一次，龍二掉入排水管，爬不上來。但因為沒有人過來救他，他只好靠著手腳並用，好不容易才爬了上來。

山丘的一部分矗立了好幾座墳墓。

這個地方也以夕陽西下後就會出現鬼火而聞名。實際上有好幾個人說自己「看過」。即使是壞小孩也不喜歡被鬼火在後追趕，因此每到黃昏時刻，大夥兒便會紛紛踏上回家之路。這樣也想要自稱湯姆索耶，還真有點可笑。

說到遊戲，他們有好一陣子熱中於石頭。

有次，幾個人在商量要去採「溫石」。所謂的「溫石」，就是如岩石碎片般的石頭，用那種石頭畫線，就能像白墨一樣畫出白色的線或是寫字。混入些許泥土後，能畫出棕白混雜線條的則稱為「味噌溫石」。很方便遊戲時在土上做記號。

某天，他們幾個人行經新池（大正池）旁邊的道路，越過水神瀑布，抵達了山上的洞穴。洞穴中可以取得許多「溫石」。水神瀑布前面的池塘，據說可以釣到很多平頜鱲（一種彩虹色的鯉魚），龍二暗自心想總有一天要再去那裡釣魚。但因為路途遙遠，導致這次的遠征成了第一次，也是最後一次。

我想，同樣是在小三左右吧？當時也流行過撿「蛇紋石」。那是一種在河岸旁就能找到的綠色石頭，上頭有白線之類的花紋。使用機械研磨過後，就會散發出獨特的美感，跟盆栽一起放在木製台座上，就能當做商品出售，或放在壁龕上當裝飾空間。惡童三個搗蛋鬼的其中一名成員山尾家中，除了農業之外，也同時把石子當做園藝品販售，因此龍二等人也經常去尋找漂亮的「蛇紋石」，也就是有蛇形花紋的石頭。

小學校園裡有座二宮尊德讀書的銅像，下方噴水池周圍有石頭環繞，他們在那裡找到了大小約三十公分的漂亮「蛇紋石」。他們將石頭帶回山尾家進行研磨，嵌進有木紋的木製台座裡，在三年級班導生日那天送他當「禮物」。老師是殘障退伍軍人（因為戰爭導致他的一條腿裝了義肢），他喜出望外。在老師家中舉辦兒童會時，那群壞小孩研磨的石頭就光明正大地坐鎮在壁龕的掛軸下，就像什麼值錢的東西。幾個壞小孩一邊高唱著兒童會的歌曲「好孩子的好字，是很好的好～」，一邊發出「咿嘻嘻嘻」的聲音，拚命忍著笑意。「二宮尊德的銅像，真是對不起」，能做的也只有道歉了。

小四的時候，在神社舉辦廟會的日子，龍二買了一隻小雞回家。龍二用紙箱幫牠做了窩，放進燈泡替牠保溫，小雞沒死，順利地長大了。龍二平常都給牠搗成碎塊的玉米，但是漸漸覺得養雞太麻煩，味道又臭。跟山尾商量之後，因為山尾家中也有養雞，所以他願意接收。

到了六年級，龍二獲邀去山尾家中，仔細一瞧，發現龍二的雞不見了。龍二問山尾：「雞死了嗎？」山尾回答：「前幾天吃掉了。」龍二又問：「怎麼殺的？」山尾告訴他：「用斧頭砍斷了脖子。結果牠都沒有頭了，還稍微在空中飛了一下，走了五、六步之後才倒地不起。後來我們把牠的毛拔光，變成了肉雞。」為了答謝龍二送給他們的肉雞，山尾端上一杯「立頓紅茶」給他。龍二在嘗試著用一個紙袋能喝幾杯紅茶，不知不覺就到了晚上八點。鏡川家喝的是「日東紅茶」，因此他覺得非常新奇。後來，繼哥哥之後，龍二也聽到了鎮上的有線廣播公告：「鏡川龍二還沒回家。知道他行蹤的人，請聯絡鎮公所或警察局。」又是愛操心的父親虎造幹的好事。龍二連忙趕回家中，但是隔天在學校果不其然成了大家的笑柄。

故事回到稍早之前，五年級時，龍二有一次曾經跟山尾他們一起去積雪的前山獵捕兔子。此行當然有大人陪同。一行人追尋兔子的足跡前進，這時，帶著獵槍的人突然「砰」地開了一槍，射死了兔子。單手抓住兔子長耳朵的獵人，提著白色的兔子走了回來。兔子的紅色眼睛就像玻璃珠，美得令人傷心。但是，龍二同時感受到了生物生命的重要性。

山尾這個人就像「哆啦A夢」裡的「胖虎」一樣。龍二只有一次在放學後的掃地時間和山尾大打出手。山尾擅長各類運動，個子又高大。龍二在班上雖然是最聰明的人，但論起打架誰比較厲害就沒有人知道了。他們倆比賽相撲比了十分鐘，還是分不出勝負。龍二在小學六年級就有六十五公斤了，儼然就像橫綱力士一樣。不知道是誰先說出「如果你們想繼續看，就要收費了」這句話，兩人便在班上同學面前握手言和。大家明白龍二不止讀書，就連打架也很厲害，對他敬佩不已。

（九）

我也稍微寫寫龍二在「嫩竹的時代」對於女性的觀點吧。直到幼稚園時期的記憶中，都不曾出現過女孩子。班上應該有一半是女生才對，但是龍二對她們只有穿著裙子的印象。

小學時期，好像有類似水手服的制服，但是除了各種「典禮」之外，大家幾乎都穿便服。

長大後來到東京，令龍二大吃一驚。即使冬天也有男生穿著短褲的制服，以及不少女生穿著長度不到膝蓋的制服裙子，但沒有褲襪禦寒。

在一般的認知中，德島縣位於日本南方，然而越過德島縣與香川縣交界的阿讚山脈，通過吉野川上方吹拂而來的風，冬天冰寒刺骨，不論男女都會穿上長褲，長褲底下也會再穿上襪子。雪花紛飛時，還需要毛線手套。簡單來說，就是夏季酷熱、冬天嚴寒。

上小學之後，班上有三、四個聰明又可愛的女生，因此龍二不是只喜歡其中一個人，而是對那幾個宛如紫花地丁繁花盛開般的女生都懷有好感。只不過，粗魯的鄉下男生最常見的下場，就是對方根本不知道他們對自己懷有好感。畢竟要怎麼樣才能知道，那些有時會故意說話刁難人，或是大聲宣告「我要去報告老師」的男生，竟然會對自己懷有好感呢？

小一的時候，班上有個姓藤村的女生說她要上廣播唱歌。龍二在自家人手作的架子上找到一台佈滿灰塵的老舊收音機，他用雞毛撢子撢去灰塵，再用抹布擦拭乾淨，並練習如何調整電台頻率。接著，等待她的出場。傍晚六點整，音樂節目開始了。沒過多久就傳來了藤村的聲音。她唱的好像是「遊夜街、好夜街市、日頭墜落地～」這首歌。龍二聽得入迷。她能參加這檔節目，不知道究竟是怎麼辦到的？就像魔法一樣，從巨大機械箱子上的圓形孔洞中，確確實實地傳來了藤村的聲音。父親一如往常，總對女生心存懷疑，但是龍二卻感動不已。雖然只是四國當地的廣播，但是到底要怎麼做，才能讓一個吉野里小學一年級的女生，上音樂節目現場表演唱歌呢？龍二當時還不知道「選秀」這個詞，加上她能被叫去位於德島市內的廣播公司，同時還能表演唱歌，都令龍二感到非常不可思議。龍二只聽過那一次廣播，後來收音機又在木頭架子上長滿了灰塵。這女孩也是龍二心儀對象之一，但是他當時根本不知道對方的想法。

之後，二十歲那年的寒假，龍二曾經在成人禮之後的續攤聚會中，在隔壁鎮上小餐館的榻榻米座位上跟她聊過天。

她高中畢業後出社會工作，已經結婚了。她臉上化了妝，看起來判若兩人。那時候，她說：

「鏡川，你就是我的初戀喔。我從一開始上小學就很崇拜你。上了高中後，我跟現在的丈夫變成同學，畢業後就結婚了。他也真是的，看了我的日記，因為上面寫的都是有關你的事情，結果他氣死了。我告訴他，你上了東京大學法學系，結果他心生嫉妒，大吵大鬧的，真是累死我了……。」

竟然會有這種事？可惜已經太遲了。即使被二十歲的人妻告白，龍二也無能為力啊！真希望她能在小學時趁早告訴自己。這麼一來，龍二就不需要一直認為「自己是醜小鴨」了。龍二絲毫沒發覺，原來同班的「歌后」竟然將自己視為初戀。

小三時學校舉辦了校慶。負責用竹刀表演武打場面和扮女裝的人，想當然是龍二，龍二也寫了儼然像劇本的東西。

龍二在校慶前的週日，為了順便檢查竹刀夠不夠鋒利和練習對打，於是跟醫生的兒子們，在油菜花田裡拿刀不停地砍花，大家都覺得很有趣。他們以為沒有人目擊。但是，大人們全嚇傻了。他們的行徑全被香菸店的老爹看見了。老爹通報學校，害他們隔天被罵得狗血淋頭。所以，即使龍二擔任主角又受到熱烈的喝采，但在那之後，他依舊沮喪了很久。

裙子是向電器行的小文借來的。裙子的布料出乎意外地厚重，讓龍二感到吃驚。就男孩子看來，原以為裙子用的是風一吹就會往上飄，讓人不禁發出「呀！」尖叫聲的輕薄布料，但是這件裙子，可不會因為區區的風吹就像傘一樣敞開。

其實，高一的校慶時，龍二又穿了一次女裝。他的角色是埃及豔后，因此不僅穿上了婚紗，臉上還化了妝。扮相相當美豔，還帶點性感。

所以，龍二在小三、高一與高二，至少主演過三次舞台劇。高二時，他擔綱演出文學作品《仁王》的主角山男。

大家都覺得他的表演很有趣，但是龍二沒有一次是認為自己有「才華」。其實他當時應該受到不少女生的歡迎吧？然而，在龍二心中，不管等待多久，「竹筍」依舊無法成長為「竹子」。

（十）

《路旁之石》是山本有三的名著之一，也是龍二就讀小學時期，最愛不釋手的一本書。不知道現在的都市小孩，是否能夠理解閱讀《路旁之石》的鄉下小孩的心情。

從龍二剛上小學的時候開始，日本列島就開始發生了巨大的轉變。至少他所居住的吉野里町已經開始變化。那是龍二即將升上小學二年級左右（一九六四年），東京到大阪間的東海道新幹線開通了，想必是為了配合東京奧運的開幕。原本鋪上柏油的路只有縣道，町裡四處都還是泥土路，泥濘的路面上不是一個個水窪，就是鋪滿碎石。碎石被車子輾過而彈飛，在水溝附近有不少處積了高高的石頭。從車站到龍二家所在的左側平緩坡道，也稱為「吉野里銀座」，但是在那裡的只有「香菸店兼書店」一間、「酒鋪」一間、「西服店」一間、「鮮魚店」一間、「鐘錶行」一間、「蔬果店」一間、「男士理容院」一家，以及「販售日式分趾鞋和二手衣的店」一間而已。這條主要道路也還是泥土和碎石路面。車站一出來的那條馬路，則有「糕餅店」、「木屐店」、「藥局」等等，縣道走到底的左側則是通稱「三樓」的公車總站兼休息區。「三樓」的由來成謎，但似乎是出於公車總站是難得一見的木造三樓建築之意。縣道的盡頭有間野比電器行，那裡就是「小文」的家。「糕餅店」附近有「吉野計程車」，車行裡只有兩輛計程車。朝右側往下走則是山杉醫院，停著一輛公務車。鮮魚店和酒鋪好像都各自擁有一輛進貨用的輕型貨車。下過雨後的路面簡直是悲劇，偶爾有車經過，泥水還會濺到衣服上。書店裡有一個跟龍二同屆的女生，她父親無視山路而騎機車外出送書時，心臟病發而過世。因此，那家「香菸店兼書店」一直都是由她媽媽或那個同學負責「看門」。

龍二家左斜前方有戶農家，是龍二同學的家。這戶人家飼養著山羊，有時龍二會去試著餵山羊吃紙，看看山羊是否真的會吃紙。山羊真的吃了。除了山羊之外，應該還有馬。當時在書店前方還有稻草屋頂的房子，使得瓦片屋頂的房子看起來十分現代。

酒鋪、鮮魚店前面，則是一個如小廣場般的三叉路，這裡有時會出現推著手推車販售「米香」的人。只要從家裡提一升生米過去，倒入鐵絲網筒裡，等到「碰」的一聲出現，生米就變成了蓬鬆香甜的米香。那過程簡直就像魔法一般，龍二和直子總是看得興高采烈。米的體積會變大好幾倍，足以當他們好幾天的零食。

這座廣場邊緣散落著一堆瓦礫，令龍二腦海中浮現出「路旁之石」。

或許就讀鎮上小學的大部分孩童，也不過如同路旁的石子罷了。大家都無法跳脫沒有名字也無法出人頭地的鄉下小孩這個框架。

龍二家後面的小山谷另一側也有農家，馬匹有時候會發出「嘶嘶」的叫聲。馬糞的氣味有時會越過山谷，飄散過來。

這麼說來，轉角那家鐘錶行媳婦嫁過來的時候，穿著一身純白的傳統日式新娘禮服白無垢，頭上戴著角隱，橫坐在馬匹背上，手上牽著韁繩，從車站的方向一路往下走來。這畫面現在應該只會出現在「日本民間故事」的動漫中吧。

不過，從龍二小二起，這一帶也開始鋪上了柏油。熱燙的柏油冷卻凝固之前，臭氣熏天。鋪路車一點一點地壓平路面上凹凸不平之處。

這時候，還曾有人在前山碰上狸貓變身捉弄路人，三天後，才在距離好幾公里遠的西邊城鎮被人發現。

父親虎造小時候的老家，就在現今「愛爾康大靈誕生館」往下一點的地方，據說那一帶的道路，晚上是「夜行大人」走的路。「夜行大人」會騎在無頭馬身上，是落敗的平家武士幽靈。

不僅如此，如果夜晚在家中吹口哨或剪腳指甲，母親君代就會臉色大變地告誡龍二「小心鬼怪找上門來」。

小三的秋天，父親和龍二在鴨山町中央橋北岸稍微往上游一點的岩石區釣魚，因為怎樣都釣不到魚，龍二便將釣鉤更換成小釣針，改成「釣小魚」（釣鯉魚），龍二望著沉入水中的岩石區遠處那片透明的水面，結果突然有條三、四十公分的黑鯉魚上鉤了。由於重鉛也陷入了鯉魚的背鰭中，因此花了一個小時左右才釣起鯉魚。附近釣魚的人幫龍二拿了圓形撈網過來，好不容易才捕獲了鯉魚。龍二在自家廚房後面準備了一個塑膠臉盆，蓋上木頭蓋子，將那條鯉魚養在裡面。龍二喚來朋友，得意洋洋地展示給大家看。

但是，好運不長久。才過了約一週就來了一個颱風。吉野川氾濫成災，河水淹沒道路將近一公尺深度。消防團的志工們穿著短褂，在龍二家門前划著橡皮艇。

水位越來越高，當天晚上大家都忙得焦頭爛額。

母親的理容室淹水，大家都擔心水會從水泥地板淹到高度約一公尺的自家榻榻米房間，修一、龍二和直子只好拿著手電筒照亮地板，輪流數著「還有三公分、兩公分、一公分」。

在龍二的提議下，他們把寢室裡的榻榻米全部拆除。接著將榻榻米堆疊起來，打算在上面睡覺。根據龍二的推算，這麼一來，就算水淹到地板上一公尺也還撐得住。但是幸好水並未淹上來。總之是個非常可怕的一晚。

水退了之後，龍二才想起「啊，鯉魚不知道怎麼了？」繞到後門去。傷心的是，那條長達三十公分、令龍二自豪的黑鯉魚，從臉盆裡撞開木板跳了出來，已經死了。他跟父親一起磨墨，塗在鯉魚身體的一側，在宣紙上印下了魚拓。那之後，虎造和龍二在自家附近廠房的院子裡建造了一個葫蘆型池塘。他們拿鏟子挖出凹洞，再用混凝土固定，也在池塘中央堆疊岩石，做了個讓魚可以躲藏的地方。

池水利用虹吸原理，以軟管排入山谷中，來完成換水。

這次洪水之後，流經小學後方的小河，展開了整頓的工程，吉野川上也建起水門。小河河道擴張，也打入了混凝土。從此再也看不見螢火蟲了。龍二的少年時代，就這樣隨著大時代一起不斷地演變著。

（十一）

從年輕就辛勤工作到老的母親，外貌蒼老得有點快。她十八歲結婚，十九歲生下哥哥修一，二十三歲產下弟弟龍二，隔年，妹妹直子出生的時候，想必她一定因為工作、家事和養兒育女，而疲憊不堪了吧。她打算讓修一和龍二上大學，至於女兒直子，她大概是希望她能進去吉野川銀行或縣政府工作，然後找個好人家結婚就好。

比她年長十一歲的丈夫虎造，這次不再輕易地辭去工作，有時候會發發牢騷說：「我是為了孩子的媽和你們三個，才繼續做著討厭的工作。我生性不適合當上班族，如果我沒結婚，我一定可以在社會上大展身手。」

母親則回應：「孩子的爸屬雞，天生就三心二意，想做的事情太多了。成天心浮氣躁的，一點也不穩重。」

實際上，虎造在青年學校擔任國語教師，僅僅三年就辭職了，參與革新政治活動與縣長為敵，導致他遭到警察隊緝捕，才停止了原本就該停止的事情。即使開設了公司，也短短三年就倒閉了。幾年後，龍二深切領悟到，無論研讀多少將經營者階級視為搾取階級（收取回扣或揩油的人）、一味主張勞工權利的馬克思主義，自己也無法因而成為成功的經營者。依馬克思主義政黨的理念，經營者都是只會撈錢吸血的惡人，還不如製作劣質產品、偷懶摸魚的員工來得正當有理。

大伯父、姑姑和父親，二十多歲時都立志成為小說家，但是一路走到稱得上職業作家的人只有姑姑靜代而已。而靜代也寄居在虎造家當了十年的食客，後來才去了身障者設施工作，同時成了專門撰寫德島故事的作家。靜代的後輩瀨戶內寂聽等人，相當擅長做生意賺錢，但是她卻淨寫一些不怎麼暢銷的德島歷史小說，對一家老小的收入毫無助益。龍二三兄妹也只能在盂蘭盆節和新年時期待得到一點零用錢而已。

背負著一家生計將近三十年的母親，真正的想法又是如何呢？龍二很想設法讓家裡過得更豐衣足食，但是小孩子能做的也只有幫忙家裡而已。

小一的時候，龍二放學回家，母親若是沒有工作，龍二就會幫母親捶捶肩膀，或是幫她拔白頭髮。母親給了他二十圓的零用錢。龍二握著那二十圓，朝向人稱「往還」的縣道方向跑去，好在轉角的「南商店」購買零食或冰棒。龍二買了零食玩抽籤，但多半都是「槓龜」（沒中）。他老是抽不中比較有價值的一獎、二獎和三獎的玩具。至於冰棒吃到最後，有時薄薄的木棒上會寫著「中獎」，這時候就能再換到一根新的冰棒。龍二一定會把換來的冰棒送給妹妹直子。妹妹也一定會簡單地對他說「謝謝哥哥」。龍二只有那時候覺得自己好像成了大人物。即使如此，他也知道幫媽媽拔白頭髮，不代表真的賺到二十圓。

家裡開設的理容室內有兩把理容椅，因此君代有一到兩年間還同時提供燙髮的服務。因為君代認為她可以在客人燙髮的期間，為另一個客人理髮，應該能夠提高營業金額。然而，君代雖擁有「管理理容師」的證照，但是她認為這不是一份需要付薪水僱用別人並擴大經營的事業。

龍二小學放學早點回家的時候，就會擔任燙髮的助手，負責將母親需要的藥品和器具遞給她。

父母似乎都認為哥哥修一天資聰明，因此希望讓二男長大從事的工作，說好聽點是企業家，說平凡點就是生意人。附近的小孩子也一樣，商家的小孩只要高中畢業就足夠了，而農家的小孩不是國中畢業就集體到京阪神地區去找工作，就是去農會上班，再不然就是繼承自家的農業，幾乎都是如此。因此去幫父親買香菸、每週跑一趟距離稍遠的肉店買肉，以及燒洗澡水，都是二男龍二的工作。有時候，他會和父親一起去吉野川釣河裡的魚當晚餐配菜，或是在自家旁的院子裡種植馬鈴薯、白蘿蔔、小黃瓜、玉米、地瓜、蜂斗菜和茄子等等，來補充不足的食物。

祖母照代過世的時候，為孫子們留下了「一千圓」。祖母的心願正是「希望子孫用這筆錢種植果樹」。她應該是很想讓孫子們每年都能吃到水果吧。

自家附近廢棄廠房那裡種了甜柿子、澀柿子、毛櫻桃、無花果、桃子、枇杷等等。澀柿子剝皮日曬，等單寧酸糖化後變甜，就能成為冬季期間最好的保存食物。令他們困擾的是，附近的壞小孩會越過山谷來偷採甜柿子。母親曾向對方家長告狀，但是對方卻回答「偷採別人的柿子吃很刺激也很好玩」。龍二住進廢棄廠房的理由，也是為了監視這些水果小偷。

有一次，有個穿及膝短褲的大叔，竟然光明正大地打開金屬門，來偷採廢棄廠房院子裡的「蜂斗菜」。因為當天是週日，他大概以為沒有人在吧。龍二從二樓窗戶怒吼「那是我家種的『蜂斗菜』！」沒想到對方竟是町議會的議長。他說「我還以為是野生的。已經採收的這些，就給我吧。」龍二回應「這個家有我在負責監視，下次就叫警察了，知道嗎？」虎造後來聽說了這件事，高興不已。笑容滿面地說著「龍二以後說不定會變成大人物」。小學三、四年級的時候開始，大家也漸漸明白龍二似乎很會念書。

每天騎腳踏車往返吉野里國中的哥哥修一，放學回到家後就會把腳踏車停在空地上，「叮叮」地按響兩聲車鈴。如果龍二沒有及時從家中出來幫哥哥提書包，修一就會勃然大怒地罵他「你以為你是什麼東西」。龍二每次吃飯都會把剩的菜飯吃得一乾二淨，每年平均增加十公斤體重。某次，他和氣呼呼的哥哥發生爭執，兩人扭打起來就像相撲。龍二的體重比起體重不到五十公斤的哥哥多出許多，於是哥哥被摔了出去、橫躺在地。自從相撲輸了之後，哥哥就不再響鈴叫龍二出來提書包了。直子非常開心。她說「修一哥哥平常太囂張了。明明龍二哥哥也很努力啊。」原來妹妹心裡是支持龍二的。

（十二）

德島縣的「日教組」似乎很厲害。所謂的「日教組」，簡單來說就是主張「教職員並非『聖職』，而是『勞工』，必須維護教職員的權利」，是一個試圖以自身待遇為優先的團體。他們維權意識強烈，是抱持馬克思式思考的左翼團體，學生們對他們的信賴感及尊敬之心也莫名地日漸淡薄。若換成其他說法，就是他們是一群否定神佛及死後的世界，認為自己是時薪制勞工的人。教師要負責出考題、打分數、製作成績單、指導社團活動等，的確是經常被迫「加班」。而不少女老師也多半只能選擇在暑假期間生產。然而，一旦孩子們認為老師「以自我為中心」，身為教師，勢必就少了許多工作的價值及人生的意義。因此，「日教組」的老師厭惡補習班。因為要上補習班，就會出現家長「資本能力」的差距，也會產生「自由競爭」。此外，補習班還會依學生的「能力」或「成績」編班。「日教組」的老師視補習班為「資本主義市場經濟」的尖兵，只不過，想想寒假、春假及暑假有這麼長，多少加點班也無可厚非。不同於現在，當時的老師還得以謄寫筆在「蠟紙」上刻字，以手寫的方式製作考卷，的確非常辛苦，只不過，吉野里町當時還沒有補習班。

話說回來，鏡川家是一個充滿矛盾的家庭。父親虎造在政治上屬於左翼運動的領袖，當年警官隊包圍他家，強制進入搜索的事，鄰居們人盡皆知。因此，自從龍二進入東大法學系就讀後，即使虎造趕緊改為支持自民黨也無濟於事，只要徵信社在附近稍微打聽一下，得到的答案皆相同。虎造之所以改為支持自民黨，是因為他認為原本的政治立場會對龍二的就業造成不利。

實際上，進入公司後，從龍二過去在瑞可利集團幫忙的經驗來看，徵信社除了調查他在學時期的一切之外，就連他的交友關係也全調查過了。只要三天，家庭關係、支持政黨、宗教信仰，甚至交友關係都會被報告上去。虎造過去的政治活動，的確在龍二就業時造成了不利的影響。

另一方面，鏡川家、尤其虎造，不但喜愛宗教，更是熱愛靈異現象。他的喜好與馬克思主義的「唯物論」（只有世間上的物質才是真實存在的實體）也有互相矛盾的傾向。

父親只要一聽到鬼屋的事，就會想立刻去瞧瞧，也非常喜歡占卜和靈能者。

龍二上了小學高年級後也聽到了一個傳聞，就是隔壁班那位近五十歲的女老師磯山，似乎正是「日教組」的知名鬥士（活動家）。

某次的休息時間，龍二正準備下樓梯，沒想到磯山老師竟坐在折疊椅上等著龍二。

磯山：「鏡川同學，聽說你常常將鬼魂或死後世界之類的非科學內容掛在嘴邊，是嗎？」

鏡川：「老師，所謂的『科學』是什麼？不正是探究真實的事物嗎？也就是指客觀地追求真理吧？我曾經看過鬼魂，也實際上碰過鬼壓床。我們在學校後面的操場打棒球，傍晚，看見鬼火在本壘板後方護網中間飛舞的人，除了我還有好幾個。比我們大一屆的岡島，他爺爺生病過世的時候也一樣，從他爺爺死前一週左右，就有不少鄰居看到白色的人魂從他家屋頂進進出出。」

磯山：「鏡川同學，學問就是科學。你老是將那些事情掛在嘴邊，等你上了國中之後，學不會數理相關的內容，可就傷腦筋了喔。」

鏡川：「如果照老師您所說的，那麼神社寺廟就全部都是詐欺了。讓人祭拜根本不存在的神明還得添香油錢的神社，以及靈魂明明不存在，卻要人誦經供養的寺廟，都是詐欺。您說的，真的是正確的嗎？」

磯山：「如果沒有經過反覆試驗，加上不管誰操作都得到一樣的結果，就不能算是『科學』。就可以說那些都是假的。鬼火也一樣，有科學家說過，鬼火只不過是老舊墳墓中人骨的磷燃燒產生的罷了。」

鏡川：「老師，我有親戚在這座城鎮上當糕點師傅，他在夏天，晚上會用魚叉抓香魚當作他的副業。前陣子，他在抓香魚的時候，從潛水橋的方向飛來一個直徑有三十公分的大火球，據他所說，那時候，連河底石頭都因為火球的光芒看得一清二楚。難道那是因為河川上有人骨殘留的『磷』燃燒而飛到空中嗎？」

磯山：「算了，不說了。你走吧。我告訴你，以後將會是馬克思科學社會主義的時代。小心你跟不上日本的工業化喔。」

鏡川：「我讀過馬克思了。我也讀過家父的藏書《蘇聯共產黨史》。但是，我無法否定我自己實際體驗過的鬼魂與鬼火。」

磯山：「嗯。傷腦筋啊。」

當時，實際上發生過這樣的事。如果懷著善意試想看看，隔壁班的導師這麼做，想必是為了排除深陷迷信的龍二心中的迷妄，而決心開導他，好讓他不辱全學年第一的秀才之名吧！

但是，同一時刻，若是看看早上的四國放送或其他媒體，就能看到電視上頭播放著新聞，說有五名獵人在隔壁城鎮的山路上，看見粗三十公分、長十公尺的大蛇；德島新聞報也報導了這件事。電視上還播放了高知某間神社至今仍在祭拜代代相傳的大蛇牙齒的影片。只不過，根據後來的鑑定，才發現這是鯊魚的牙齒。總而言之，在隔壁城鎮轟動一時，最後不僅建了大蛇神社，連鳥居都立好了。目的其實是為了招徠觀光客。

五名獵人見狀不由得心生恐懼，為了滅火而說出「那是我們大家串通好所撒的謊」。也有人質疑過那條大蛇說不定是南美的一種蟒蛇，但總之這整件事全都是造假的。龍二這才驚覺，原來當時，在鄉下地區，還是有著光是出現大蛇就讓眾人建造神社的信仰心。

另外龍二還在早上的電視新聞中，看到了另一則隔壁城鎮每天早上六點左右，都會有鬼魂出現在火葬場的報導。電視畫面中確實拍到了牆壁上出現白色的人影。由於場所較為特別，所以許多人對這件事產生了好奇心，紛紛跑去火葬場查看。龍二見狀心想「鬼魂要出來的話，也是選半夜吧」。過了一陣子之後，出現一則報導，表示那道白影是朝陽的「光線反射」，在「科學上」已有定論，因此騷動也隨之沉靜下來。

怪物或鬼魂的故事中，應該有不少謊言和誤解。但是，龍二小學時代正好經歷了日本的高度成長期，無庸置疑的是，這時候的人們尚有相信死後世界之心。

日本這個國家，最後會逐漸變得跟隔壁的中國越來越相似。

（十三）

筆者認為自己應該也提一下鏡川龍二小學時代所學的內容。鏡川家的教育方針，基本上屬於自由放任主義。

畢竟每個人的靈魂都有不同的傾向性，而天生的才華也不盡相同。加上，鏡川家也相信命運的力量。因此，不像東京那樣，他們並沒什麼以人工方式創造高材生的想法。

準備上小學時，父親和龍二約定好，龍二可以看漫畫，但是只能看到小學六年級，上了國中之後就必須好好讀書。由於要擺放在母親的理容室裡，所以鏡川家每週都會購買四本漫畫和數本週刊。這些書刊也成了龍二獲得各種資訊的來源。漫畫有《週刊SUNDAY》和《週刊MAGAZINE》等等。

雖說是漫畫，但對鄉下的少年而言，這可是全國統一且貴重的資訊來源。例如《人造人009》、《深海潛艦707》、《伊賀影丸》、《巨人之星》及《小拳王》等等，都給龍二帶來了影響。科幻故事、戰爭故事、歷史故事、熱血運動員故事等等，不管在什麼時代都能大大激勵著少年。不僅如此，漫畫裡的照片，也有五花八門的資訊。從大和戰艦的性能、航空母艦及零式戰機的性能，到哥吉拉與金剛的資訊，以及在高知縣的水田中，拍攝到許多菸灰缸大小的UFO照片，應有盡有。不但有神祕生物UMA的情報，除了漫畫之外，還有政治經濟資訊。

學校老師們幾乎不知道的鄉下少年情報來源，超過五百本的漫畫，全堆積在自家附近廢棄廠房北邊房間的壁櫥裡。由於是破破爛爛的廢棄廠房，所以即使形式上是上了鎖沒錯，但是附近的壞小孩以為裡頭沒人，還是光明正大地闖了進來。還曾有好幾個小鬼頭跑來二樓北邊鋪了地毯的房間看漫畫。附近沒有其他小孩擁有如此大量的漫畫。龍二遵守著他和父母的約定，上了國高中及大學之後就不再看漫畫了，但是長大成人後，還是會翻閱諸如《美味大挑戰》之類的知識型漫畫。往後，龍二開始創作電影時，得知熱賣的電影多半是以「漫畫」或「動漫」為基礎後，他開始有了不能小看日本軟文化的想法。因為漫畫教了他，所謂的創造代表了什麼。

然而，他從來不認為看漫畫是一種學習。

從小一到小三為止，學校教的內容，只要在教室裡學過就能充分地掌握。老師發的功課也只要十分鐘就能寫完。

小四開始，龍二得到了廢棄廠房二樓南側的書房，因此晚上總是很認真地讀書。雖說父母待在家裡，龍二也不會偷懶摸魚。書房裡沒有電視、收音機，連冰箱也沒有，龍二會點亮檯燈，頭上戴著能遮擋光線的綠色遮陽帽，在房間裡自習。書房裡還有年長四歲的哥哥所用過的教科書及參考書，但是萬一被哥哥發現弟弟龍二在書上畫紅線或像用馬克筆標示重點般塗上奇異筆，哥哥就會如烈火般暴怒。據哥哥的說法，就是「哥哥將來會變得很了不起。到時候哥哥用過的教科書及參考書說不定能賣到上百萬日圓。要是笨蛋弟弟在上面畫了紅線或藍線，會害那些書失去價值。如此這般……」。

因此，有一套名為《自由自在》的參考書，內容最為詳盡、頁數高達四、五百頁，且範圍涵蓋「數學‧國語‧自然‧社會」，龍二只能自己抄下筆記反覆溫習。這套書裡面也有國中入學考試的題目，對讀書很有幫助。

因為沒有家教，也沒有上補習班，所以龍二讀書鮮少採用預習的方式，應該算是靠著複習。現在在小學就會教授兒童英語了，但是龍二是升上國中之後才從「A」、「B」、「C」的發音開始學英語。

他回想起小學五年級左右，一個二十多歲的年輕男老師成了他們班導師。老師腰間總是掛著一條髒兮兮的手巾，教書教得很差。班上同學漸漸地越來越聽不懂小五的上課內容。

就在那時候，郡內舉辦了學力調查。郡內共有六校，共同針對數學、國語、自然、社會四科進行調查，再以條型圖呈現出各校各班的平均分數，藉此相互比較。

可惜的是，滿分一百分的平均分數這部分，教育委員會認為各班級的平均分數不可能低於二十五分，因此印刷的條型圖表是基本分數從二十五分起跳，直到一百分。

全郡只有吉野里小學五年一班，無法顯示在圖表中。那正是龍二他們班。班導原口老師被人叫了出去。回來後，他告訴學生們，條型圖的底邊貼了一條方向往下的紅色長條。總之就是班上的平均分數只有十分或十五分吧。龍二他們原本很想好好表現。大家平常完全聽不懂原口老師在講解什麼，唯獨這次腦海中倒是鮮明地浮現出畫面。教育委員會召集了郡內所有小五的導師，在他們面前，只有原口老師拿到不及格的成績。大家突然覺得自己變成了蠢材。不僅輸給了隔壁班，也輸給了那個日教組的女老師。

原口老師打算要結婚了。所以班上同學的母親們共聚一堂，討論起要送什麼禮物給老師。大家提出了幾個備案，像是「嬰兒床」、「嬰兒內衣褲」、「棉被」和「小孩子用的玩具」等等。但是，這些都是以結婚生子為前提而提出的。

由於龍二是班長，所以不知為何變成由龍二母親負責做出最後的決策。母親君代決定「結了婚也可能會離婚，還是別送嬰兒用品好，免得到時候就浪費了。送禮券應該就夠了吧？」母親的判斷非常精準，老師的婚姻維持不到一年。那是因為母親從龍二的報告中感受到了，工作做不好的人，在家庭中一定也不可靠，離婚的危機遲早會到來。

不過，龍二對原口老師還是有一個不錯的回憶。放寒假前，老師向班上幾個比較會讀書的小孩提出了一個提議，問他們要不要試著做看看「A級題庫」的數學應用題。被選中的小孩，後來分別都進了德島大學、香川大學、同志社大學、關西學院大學等等。

寒假大概十天。龍二花了六天，將「A級題庫」的解法和解答寫在筆記上，完成了任務。其他同學沒有一個人能完成一本題庫（當然老師已經事先將解答撕下了）。

原口老師得知龍二只花不到一週的時間，便解開了所有題目，不禁發出「唔嗯」的低吟。他在山上的學校教書時，只有一個姓

「的場」的學生，在寒假期間解完所有問題並交出答案。而那個孩子後來考上了「東大」。龍二心中油然而生一股鬆了一口氣的感覺。

小六的導師野比老師，據說非常優秀，畢業於德島大學教育學系，是教育委員會特別選出來，在研究所又學了兩年的教授法之後才來到這所小學的。

升上六年級後，大家還是同一班，但是所有同學都判若兩人似地，成績突飛猛進。龍二也一樣，每年考試的考卷約有六十張（四個科目），其中五十九張都拿到一百分。只有一張應該是選擇題作答的地方，龍二寫了選項下面的「字句」，因而被扣分。即使如此，一整年的成績平均下來超過九十九分，在吉野里小學也是史無前例，頓時成了大家討論的話題。國中時，連隔壁城鎮「御入學小學」來的同學都聽過這個傳聞。聽說，素未謀面的隔壁城鎮小學六年級老師，似乎對他們說過「吉野里小學有個名叫鏡川龍二的強敵。等你們上了國中之後，一定要打敗他」。好像還說過「才小學六年級就在寒假期間每天花七個小時讀書的小孩，上了國中之後不會進步的，你們盡管放心」這種話。其實龍二在寒假期間，每天都花了十個小時在念書。他是以第一名暨學生代表的身分進入國中就讀的，後來經過了一年，仍然沒有任何人能超越龍二。

哥哥被人稱為早熟的天才，於是龍二總是以「努力必能戰勝天才」為座右銘。但是，他對自我形象的評價依舊不高。他仍然覺得自己是一隻「醜小鴨」。

（十四）

在本章節中，我想思考一下家長的經濟能力及生活環境，與學生學習能力之間的關係。

據聞，一般而言，高所得家庭的孩子較容易拿到高學歷。到某個程度為止或許如此。但是，我聽說在東京等地區，一九九〇年代因為泡沫破裂的經濟狀態長期持續，導致不少證券公司的小孩接二連三地離開了補習班。進入東大的學生家長，平均年收入超過一千萬日圓，即使是慶應大學，家長的年收入也有九百數十萬日圓。這意味著家長若非在股票公開上市的公司中，或坐到部長、課長以上的位子，孩子就無法在小學時期上收費昂貴的補習班，並在國高中時期進到知名的私立完全中學；再加上，如果不去專門考取頂尖大學為目標的補習班念書，根本無法進入東京大學、早稻田大學、慶應大學等超一流大學就讀。據說，即使是現在，十個港區居民中仍有一個人是大老闆，因此或許可以說經濟能力與升學的可能性，還是有相當大的關聯。不過，凡事都有例外。東京那些熱衷於教育的家長，想儘早決定孩子們升上哪所學校的理由，是因為大學升學考試的考生來自全國，他們害怕日本所有縣市數千所學校的頂尖學生，也想以超一流大學為目標。尤其是生在醫生、律師、政府官員之類的家庭裡，其考試壓力恐怕非同小可。據說家長是醫生，而小孩能繼承衣缽的比例是三分之一，而不同於現在，在龍二的時代，司法考試每六十個人才錄取一人，而且當重考生的時間可能要將近十年，因此想要繼承家業可謂難上加難。大公司的老闆和董事們常被調派海外，他們的子弟多半無法進入家長畢業的大學就讀，也很難進到跟家長一樣的公司，或是同等級的公司工作。

另一方面，鄉下又如何呢？很多情況是長男國中畢業後繼承家業，二男高中畢業後進入農會或當地的信用金庫工作，而三男則在哥哥們的協助下，好不容易才能進入大學。

當時，大家都比較信任公立的小學、國中、高中。不像現在，當時國高中就讀私校的學生，都是學業跟不上的孩子，父母只好花錢讓他們到私校就讀。

龍二的時代，就像電影《ALWAYS幸福的三丁目》鄉下版，因此一定有不少被迫繼承家業的小孩，和貧窮變成常態化的小孩吧。後來，長男修一進入京大，二男龍二進入東大時，虎造在東京的親戚還經常對他們說：「你們要是去念德島大學的教育系，就可以當國中老師，全家就能一起生活了……」

家中的老三、妹妹直子所處的環境也相當嚴苛。「男女雇用機會均等法」成立於一九八五年，當時還聽過別人對她說「女孩子讀什麼四年制的大學。小心找不到工作也結不了婚」。都市銀行主要雇用的人員也是高中畢業的女孩，就連大企業基本上也只雇用短大畢業的學生。有些地方即使有四年制大學畢業的女性前來應徵，也會附上「我們將妳視為短大畢業生對待，如果妳不介意就可以」的條件。

國中老師告戒學生的也是「大家好好記住『23』這個數字。因為只要過了『23』，妳們的朋友就全都結婚了」這樣的內容。為了在二十三歲之前結婚，只能選擇高中或短大畢業就出來工作，況且當時的男人也不喜歡結婚對象是聰明的女性。因此，龍二認識的女性中，讀了知名大學的人，多半都只能在家裡努力不懈地學習新娘課程。

現今的社會，不結婚的男性約占四分之一，而不結婚的女性約占五分之一，平均出生率也只有「一・三」人，人口開始減少了。

「男女雇用機會均等法」縮減了男女之間的平等性與身分差距是事實。但是，政府背後的目的，就是想從男女雙方收取大致相同的稅金，以消弭財政赤字，然而這一企圖破滅（失敗）了。即使職業婦女變多了，但離婚人數也增加不少，單親媽媽變得理所當然。於是需要接受社會救助的人變多了，國家的財政赤字增長為十倍以上。

直子成績優秀，但內心仍充滿猶豫。她聽說有個聖心女子大學四年級的學生去找工作，結果被問「為什麼妳不在三年級的時候去相親？」這使得直子覺得看不到未來。

況且，如果將來兩個哥哥都不回德島，那誰來負責照顧父母也是個問題。

修一哥哥以考上了京大哲學科而自豪，後來在父親的說服下，決定讓他進入四國放送或德島新聞工作，但是他卻回應「上了京大的人，怎麼能去那種地方工作」，決定成為一個高等遊民。龍二則擔心家人的生活，上了將來就算改行也能輕鬆勝任的法學系，不過後來還是去了國外。

直子的美貌程度，屬於「A⁻」程度，因此就學和就業就成了重點。

龍二的朋友中，有兩個人家裡破產漏夜潛逃，還有人公司倒閉，連三輪車都被貼上了扣押的紅紙。

只要能從被譽為千金學校的德島女高畢業，就能獲得聰明慧黠、氣質過人的讚美，也多半能順利出嫁。由於兩個哥哥都進了舊制的德島中學，也就是「德島一高」，因此直子心中的感受非常複雜。

但是，母親君代時不時就跟直子說她小學到國中，都住在築地的叔叔家，本來打算跟著堂姊的腳步去讀御茶水女子大學的，但因為空襲，只能返回德島的老家，而遺憾不已。這也令直子非常在意。最後，直子決定去唸可以從家裡通車上學的德島女高，並以成為女醫生為目標，進入德島大學醫學系就讀。這麼一來，鏡川家在經濟上應該也能變得堅若磐石（穩固可靠）才對。

（十五）

所謂的「認識自己」是相當困難的事。自己的能力、性格、運氣、德望，無論選擇哪一項，都很難徹底了解。即使是父母親所說的話，或是兄弟姊妹給的諫言（不中聽的意見），既然接受了他們的意見，自己也必須做出自己能夠負責的判斷與行動。

對於就讀德島縣中部的小學的龍二而言，能描繪出多少關於未來的期望，以及要判斷那樣的期望是否恰當，都很困難。

舉例來說，龍二不知從國中還是高中開始，只要說出「我想去讀灘中或灘高」，父母就會告訴他，那對哥哥修一和妹妹直子不公平，只讓你去太奇怪了。父親虎造還會反駁他「沒念灘高就考不上東大，還真沒出息」。就算龍二說「那至少讓我去德大附中啊」，也只會得到「如果不從附中開始念，就上不了『德島一高』的話，表示你比直接從吉野里國中考上『一高』的哥哥笨」這樣的回答。根據父親的想法，「在惡劣條件下，挑戰崇高目標並達成的人，才是最了不起的」。後來龍二到了東京，感受到的是，依照從哪裡的高中進入東大，會存在著肉眼看不到的階級。還有另一種階級是由駒場校區通識教育學程的平均分數，以及進到本鄉校區專業科系之後獲得「優」的數量而決定。

司法考試在幾歲、考第幾次錄取的極為重要，而公務員考試當然隨著錄取順位及服務的公家單位不同，也會影響到身分的高低，至於公司也會依社會評價及受歡迎的排行榜而出現階級。這個社會早就拉起了一張眼睛看不見的階級之網。

即使哥哥考進京大文學系哲學科，國中的老師們還對著他說「你以後會坐著黑頭車回來吧？」只能說他們還不懂這個社會是如何運作。能夠坐有司機駕駛的「黑頭車」，通常是政治家、政府官員，或者大公司的老闆，所以打從哥哥進到文學院的那個階段，就已經失去了百分之九十八的資格。

鄉下的父母也沒讀過日經新聞報，連大公司的名字都不知道。例如，打電話告訴他們「長銀」（日本長期信用銀行）給了「錄取」的答覆，他們卻聽成「朝銀」，還反問「你怎麼會想去朝鮮銀行工作」。告訴他們「我通過了『興銀』（日本興業銀行）的第三次面試。已錄取大藏省的Y君第二次面試就被刷掉了，內定錄取東京銀行的N君也同樣在第二次就被淘汰了」，得到的回覆只有「在德島沒有分行的銀行，我不知道」。在就業的階段，鄉下的父母的確跟不上別人的腳步。就算告訴他們，與其去「農林省」（當時的稱呼。譯注：相當於行政院農委會）或「文部省」（當時的稱呼。譯注：相當於行政院教育部），還不如去民間企業工作，也一樣說不通。就算說「第一次考就通過司法考試是非題型的人，全東大法學系只有十幾個人」，他們也聽不懂。

但是，人應該隨著成長，進一步深切地感受「自己的責任」。只要經常閱讀報紙、看看電視上的重要新聞，有時候閱讀一下週刊，就能明白不少事情。光讀書卻沒有看電視的大學生，會在出社會的第一戰就吞下敗仗。

我再把話題拉回龍二的小學時期。前面已經提過龍二得到父母的許可，讀了上百本漫畫的事情。

不過，光是如此，就算出於恭維也無法說他變成了高材生。實際上，應該是閱讀書籍提高了他的基礎能力吧。小學低年級時，除了家裡有他請爸媽購買的名著全集以外，鎮上還有所謂的巡迴文庫。有人會在早上做收音機體操時把書本拿過來，龍二也就一本接一本地讀了下去。他經常閱讀的是冒險故事，最喜歡能激起想像力的書。好比《魯賓遜漂流記》，總讓龍二讀著讀著就進入了幻想的世界，在腦海中思索著「如果我自己住在孤島上，到底該建造什麼樣的祕密基地才好？」這令龍二非常開心。

從小學四年級到小學六年級，龍二總是反覆著從小學圖書室借書閱讀。小學圖書室的藏書究竟有幾千本，還是多達一、兩萬本，至今已經不得而知。只是主觀上，我認為龍二可能已經讀完了所有書籍。當然那些多半是內容簡單的兒童書籍。

不過，現在想想，那些優質的日本小說，好像幾乎都是在小學時期閱讀的。夏目漱石、芥川龍之介、志賀直哉、森鷗外等人的作品，他連書本最後幾頁的「註釋」都會好好讀過一遍，可想而知那些書應該不是寫給小孩看的，而是文學全集吧。

前幾天，他在某大報頭版的專欄上看見標題寫著「我想趁今年五月連休，來閱讀一下二十年來都沒機會看的志賀直哉的《暗夜行路》」，心中突然冒出「的確很難，不過我小五就讀過了」的念頭。小孩該讀的宮澤賢治、武者小路實篤、創作了《檜伯的故事》的井上靖、《路旁之石》的山本有三、《次郎物語》的下村湖人等，都可說得上是龍二最喜歡的作者。經過五十五年的歲月，自己仍舊清楚地記得森鷗外《高瀨舟》中所提出的「安樂死問題」，也讓龍二感到不可思議。托爾斯泰的作品中，他讀過的也不只有主流的（大眾經常閱讀的）小說，連《人生論》和《托爾斯泰福音書》他都讀過；龍二是一個會思考托爾斯泰為何會遭到俄羅斯正教會驅逐的小學生，就人文科學上來說，他某部分已經超越了大學生的程度。鏡川家中的書籍也有一千本左右，包含父親的新舊約聖經、佛教、日本宗教、馬克思主義文獻、哲學史等等，因此除了閱讀，他們還會討論。尤其是哥哥，就是因和父親的討論而受到啟發，才會決定攻讀哲學科吧。

至於龍二，父親總是小心翼翼地只對他提起有關企業家或政治家的內容，以免龍二也走上哲學或宗教的方向。

龍二在十歲左右，在住家附近的本山書店，買了一本小小的盒裝的《史懷哲傳》，這正是他人生的一個轉捩點。即使現在回想，史懷哲也是跟自己同時代的人物，龍二卻認為他是百年前的偉人，真是不可思議。

但是，龍二不知為何，對史懷哲三十歲之前為了自己追求的學問而活，並將剩下的人生全部奉獻給他人這樣的人生態度銘感五內（深受感動）。

尤其是史懷哲不僅學過「神學」與「音樂」，還學了「醫學」，後來成為人們譽為非洲「叢林聖人」的醫生兼傳教士，這點更是令龍二難以忘懷。因此，即使只是出於任性，但龍二立下心願，決定自己在三十歲之前也要盡可能地追求學問，再立足於社會。

（十六）

接近小學畢業前的春假，龍二不去釣魚，只是佇立在吉野里神社的岩石鼻子上。眼下的一級河川吉野川一如往常，靜靜地流淌著。

河流中間的河島上，也有像池塘般的地方，他以前也曾和父親在上頭試過「炸彈式釣法」。所謂的「炸彈式釣法」，就是在篩過的細緻紅土中，拌入烘過的蛹粉，攪拌後捏成糰狀，在裡頭埋入七、八根鯽魚鉤或鯉魚鉤，掛上鉛塊並將釣線拋入水中，釣線另一端綁在小魚竿上，掛上兩個鈴鐺。這麼一來，只要十分鐘左右，就能聽見鈴聲大作，把釣線收回來就能看見一、兩條身型飽滿的鯽魚浮上水面。

龍二也曾在眼前的潛水橋底下，用這樣的炸彈式釣法，釣到長達一公尺的大鰻魚。當他看見鰻魚在河面上跳躍的模樣時，還大吃一驚，以為釣到了蛇。釣到大鯰魚那次更是不得了。父子倆將鯰魚帶回家拜託母親烹調，但看見塞滿廚房流理台的鯰魚濕滑巨大的身體，讓母親發出了哀號。最後是父親親自抓起菜刀，去跟那條大魚搏鬥。

夏季的六、七月左右，父親一從縣政府回來，他們便會一起騎著腳踏車前往吉野川，不停將飛蠅毛鉤放入水中，在夕陽西下前，釣了二、三十條鯉魚（平頜鱲）。母親不喜歡沾得一手魚腥臭，因此都是由父親親自用火柴棒尾端，掏出平頷鱵的內臟，火烤後灑上七味辣椒粉，沾點醬油食用。

去吉野川釣香魚，應該是小學二、三年級左右的事。釣香魚不能用魚餌，因為香魚只吃青苔。想釣香魚的話，只能使用友釣法，或是將大鉛塊沉入河底，利用上頭好幾根鉤子勾住香魚。鏡川家的釣法屬於後者。用力揮舞如曬衣竿一樣的竹竿，朝正面投入河面，竹竿會一路往下游滾去。魚群較多的時候，可以釣到好幾條，但也有出現丟了上千次才釣到一條的情況。

龍二會將釣上來的魚放進木筒中，將有切口的木筒裝入河水，讓魚兒可以活著。

香魚香味會隨著牠們吃的青苔而改變，因此有些內行人只要吃一口，就能知道「這是高知四萬十川的香魚」或是「這是京都保津川的香魚」。

對龍二而言，要用沒有魚餌的魚鉤勾住不停游動的香魚，相當消耗體力。他有時候會在半途脫掉上衣和褲子，乾脆在下游游泳。有時潛入水中，還會跟香魚對上眼。如果釣到了幾條魚，就將魚拉起來，沾點酢橘醬油吃了，再配上嫩豆腐和冰涼的麵線當成午餐，也是常有的事。

龍二深切地感受到自己真的是大自然的小孩，也是一個普通的鄉下孩子。換成都市的小孩，週日應該都在「日能研」、「ＳＡＰＩＸ」、「四谷大塚」這些補習班考試才對。只是現在誰也無法得知，這個釣香魚的少年在國中、高中、大學，是否能對抗都市裡那些人工創造的高材生。

可以確定的是，這也讓龍二成長為一個豁達開朗、沒有什麼競爭之心、無拘無束的人。

父親常說「男人就必須要有稜有角」，總是將男人最重要的就是要有霸氣這件事掛在嘴邊。母親則總是氣定神閒，凡事都說「不會死啦」。她的個性屬於心直口快的類型，從她的個性就能看出這個人的命運。母親對於如企業家般一步一腳印走向成功的類型，傾向於開口稱讚。她對龍二也一樣，很喜愛龍二「說話直言不諱、開門見山，受人喜愛的性格」。

依照父母親的人生觀，龍二要成長為洗練高雅的都會紳士，恐怕有困難。

只是個性純樸的鄉下人，總是認為孩子會讀書就是天資聰穎，放著不管也能出人頭地。

實際上，人生想要成功，只會讀書是不夠的。舉凡深思熟慮的能力、堅持到底的毅力、開朗的性格、處理人際關係的能力、為對方著想的心、決斷並執行的能力也很重要。與異性相處的方法也不同於讀書，因為教科書上沒教導的道德而墮落沉淪的人，不管什麼時代都大有人在。此外，還需要能持續用功或工作的體力。身體虛弱的人，很難成為領袖。把責任都推卸給他人或環境的人也缺乏美德，人們也不會願意追隨他。

龍二從吉野里國中畢業後，經過了十幾年，有次返鄉，母親告訴他：「有吉野里國中的小孩過來，工藝家政課的老師訓示他說

『鏡川同學上了東大，他以前掃地的時候從來不曾偷懶過』。」老師說的話或許多少經過了美化，但那卻是事實。龍二的個性其中一個特質，就是不會在別人看不見的地方偷懶或偷工減料。他正義感強烈，如果覺得自己失敗了，就會反省、重新嘗試並堅持到底。

令龍二感到意外的是，工藝家政課的老師竟然還留在學校裡。

龍二和其他高材生不同，他很擅長製圖、美勞和手作。在五個主要科目中總是拿第一的孩子，能在製圖課拿下滿分，而且在美勞和手作課也拿到一百分，讓國中的老師們驚訝萬分。只能說老師們並不知道，龍二身為宮大工工頭的孫子，原本就擁有那樣的基因。

小學高年級的時候，來了一個大颱風。住家附近的廢棄廠房說不定會因此倒塌。

龍二從漫畫上得到的知識，也說只要風速超過四十公尺，就能颳走防雨窗。

父親虎造爬上二樓屋頂，用粗鐵絲將房子綁在打進四角地裡的木樁上。還用木材補強木製的防雨窗。

「TARO」住在父親親手打造的小狗屋裡，顯得焦躁不安。為了方便狗兒自行運動，父親運用木匠的手藝大展身手，他用鐵絲連接起廢棄廠房與分界線上的木樁，裝上滑輪，好讓「TARO」可以靠著滑輪移動來達到運動的效果。

如果出了什麼萬一，「TARO」也擁有用雙手拆掉項圈逃走的絕招，就算房子被颱風吹垮了，牠也不至於會被壓在底下。

父親透過創意與巧思來解決迎面而來的困境，靠著一己之力奮力對戰的態度，給了龍二強烈的印象。經過父親的補強，廢棄廠房捱過了風速四十公尺的颱風，並未倒塌。這也證明了龍二美工的手藝過人，可以說再理所當然不過了。

（十七）

小學的六年時間，對龍二而言非常漫長。感覺就像人生中最漫長的時光。大概是因為想快點長大成人的緣故。也許是平平凡凡的每一天，看不見成長的基準。時至今日，也難以再找出原因了。

只有一點可以確定的是，上了國中以後，被迫剃成了光頭這件事。加入棒球社就得剃光頭，這點還不難理解，但是全校男生都得剃光頭，是怎麼一回事？這麼規定，一部分是出於系統上的智慧，想藉此事先防範出現不良少年吧。換成今日的令和時代，這種規定或許會遭受到「職權霸凌」或「性騷擾」的責難也說不定。

到了小學高年級，龍二也逐漸心生恐懼。因為他體型肥胖油膩，連頭皮都會長青春痘。一旦剃成長度只有五公厘的光頭，頭皮上的青春痘將看得一清二楚，被女生看到相當丟臉。

實際上，進入國中之後，龍二便拜託母親將頭剃成介於五公厘到七公厘中間的六公厘。保留七公厘的長度，頭上看起來比較烏黑，不過即使是六公厘，也不容易看到頭上變紅的青春痘。可以說他就是這時開始進入了青春期。

龍二也曾對女生懷有好感，但是還不到戀愛的程度。小六的時候，教音樂的女老師桂川老師是個美女，年紀還不到三十。早上去打掃教職員辦公室地板的時候，龍二好幾次不經意地發現自己陶醉地望著桂川老師，而「啊」地一聲，倒抽了一口氣。如果說這就是

「初戀」，也未免太晚熟了，不過現在倒是能當成說笑的話題。但是，他卻有點懷念那個為了漂亮的女老師，努力想把歌唱得更好的自己。或許就是這份小小的愛意，讓五音不全又不擅樂器的自己，對音樂產生了興趣。校外教學時，每當巴士導遊表演唱歌卻走音，老師就會皺起柳眉（美人的眉毛），表現出不悅的情緒。龍二就像自己的事情一樣，覺得對不起老師。

那麼，這個故事即將來到最後了。內人的父親，突然寄了電子郵件給我。因為有德島縣脇町支部的信徒表示，他認識鏡川龍二國中時代的女性筆友。那已經是五十二年前的事情了，所以在當地也算是大發現。

龍二承認了那項事實。好像是國中二年級的夏天或秋天，同樣位於德島縣劍平村的一群國中二年級學生，為了進行一日交流，搭乘巴士來到龍二他們就讀的吉野里國中。相當於劍山登山口的劍平國中位於山上，學校規模很小，一屆大概也只有幾十個人。與龍二同一屆的學生有一百五十六人，分成四班，規模較大。由於龍二是學生會長，因此應該曾以學校代表的身分去和對方寒暄。

或許這也就是為什麼那個女生會知道龍二的長相和名字的緣故。只不過，龍二已經忘記來龍去脈（事情發生的經過）了。總之，後來有幾個人，跟山上的孩子變成了筆友。

龍二的筆友是一個名叫天每木裕子的人。由於已經是五十多年前的事了，不像現在會用智慧型手機傳送有臉的照片，甚至連在信中附上照片都沒有。因此，至少龍二並不知道天每木同學的長相。

只不過，她用深藍色鋼筆在信封及信紙上寫的字體流麗，確實是令人感受到異性的存在。

他們之間的書信往返，大概是從國二的秋天到國三的第一學期為止。龍二當時兼任學生會長、網球社社長及新聞社社長，應該相當忙碌才是。他身為新聞社社長，還要兼任每個月校刊的總編，負責社論、專欄的主筆。

此外，他在國中時期，就寫了現在以《青春的雛卵》為題出版的詩集，因此龍二筆下的文章大概相當具有文學性吧。

龍二不知道他寫的內容在對方心裡能激起什麼樣的迴響。只不過他清楚記得當他寫下「我不太喜歡『體育』」的時候，裕子回了「為什麼你會討厭體育？我們學校的學生，大家都很喜歡體育的說……」這樣一段話。

正如先前所寫的，龍二上了東京的大學之後，體育四個學期「都是A」，但是在鄉下的普通學校，尤其學生有三分之一都是農家子弟的學校，想要拿到平均也很辛苦。像是六公里的馬拉松，就算一群男生先出發，五分鐘後再輪到女生團隊出發，但不知不覺間，女生的領先集團就已追上男生中跑最後的那群人，而且還有能力超越男生。

龍二曾是網球社的主將，但是遠征河川對岸的「阿保北國中」時，聽到對方齊聲高喊「雙誤、雙誤」，身為主將的他竟沒打進第一發球，後來選擇以安全的方式下手發球，然而第二發球還是卡在網子上，使他不禁喪氣。

他經歷過許多次對外比賽，但是對手學校所有人要求他「雙發失誤」，而他真的失誤後，大家立刻同時拍手慶祝，跟這種像是詛咒他人的宗教般的網球社比賽，那是第一次也是最後一次。吉野里國中的網球社，在我方發球或接球得分時，會拍手喝采或高喊「打得好！」不過他們並不是那種會在對方失誤時喝倒采的低級隊伍。龍二的主將隊曾經和拿下縣大賽冠軍的鴨山一中主將隊對戰，直到延長賽才敗陣下來，因此實力並不弱。因為對方巫毒教般的詛咒，打亂步調、吞下慘敗，騎著腳踏車穿越吉野川潛水橋回來時，簡直是狼狽不堪。就是在那時候，他忍不住抱怨「我不喜歡體育」。

天每木同學所寫的文章，總是讓人感受不到她性格上的缺點。龍二在身旁的牆壁上，貼了一張剪下來的雷諾瓦「少女」畫像，他總是一邊幻想，一邊讀著她所寫的文章。

岳父的電子郵件中，有她在國中附近的老家（現在成了空房子）照片，還寫了龍二的來信似乎沉睡在那戶家中之類的內容。岳父認識的那位信徒，跟裕子是穴水高中的同學，而裕子後來似乎嫁到九州去了，她的老家現在無人居住。

龍二和她的書信往來，到了國三的第一學期便畫下句點。

龍二立志要考進「德島一高」。德島一高會優先錄取市內的學生，因此家住市外的他為了能夠確實進入其中就讀，在德島縣內一萬數千名考生中，必須擠進前四十名才行。所以龍二在信中寫下，他希望兩人之間的書信往返到此為止。

她寫了「我知道了」寄回來，不過信封裡還用墨汁在宣紙上寫了兩個漂亮的字——「努力」。

「努力」兩個字一直貼在書桌前面，激勵著龍二，直到隔年三月的升學考試結束。郡內各國中的第一名，所有人都擠進了錄取人數的前百分之十，順利進入「德島一高」就讀。龍二在正式考試中，打敗了郡中最常和他們競爭冠軍的鴨山東中第一名，並與德島大學附屬中學的第一名取得了相同的成績。

直到後來高中、大學時期，龍二依舊將她連同信件一起寄來的那張寫著「努力」的宣紙貼在書桌前。

只是後來廢棄廠房因為有倒塌的危險，而被拆除了。之後的事就不得而知。每次見到天每木裕子這個名字，都像看見了天使的名字。現在，她應該也超過六十五歲了。雖然龍二一次也沒見過她，但願她成了一個好奶奶，有可愛的孫子圍繞在她身旁。

鏡川龍二的「嫩竹的時代」到這裡即將結束。關於他「少年時代」的書，會在這一本就結束，因此我簡潔地加入了一些他在國中、高中、大學、社會人士時期的描寫。

如果有眾多讀者期望能讀到後續內容，或許有一天，我也會針對他的國高中時期再詳細書寫。

我想在寫下充滿青春氣息的一文（本章）後，結束本書。那是一段有緣邂逅異性的國中時代。

這本拙著中描寫了鄉下的普通小孩，是懷著什麼樣的心情度過「嫩竹的時代」，衷心希望能為現代的小學生和家長們帶來一些參考。

完

◆◆◆ 大川隆法「法系列」．**最新作品** ◆◆◆

地獄之法

決定你死後去處的「心之善惡」

地獄之法

法系列
第 **29** 卷

定價380元

無論時代如何發展、科學如何進步，死後的世界依然存在。人之所以生於世間的源由？何種人生態度或心境，區分了死後會前往天國還是地獄？這是一本換了一個型態的「救世之法」，寫給正逐漸喪失信仰心、宗教、道德心的現代社會。

◆◆◆ 大川隆法「法系列」◆◆◆

太陽之法
邁向愛爾康大靈之路

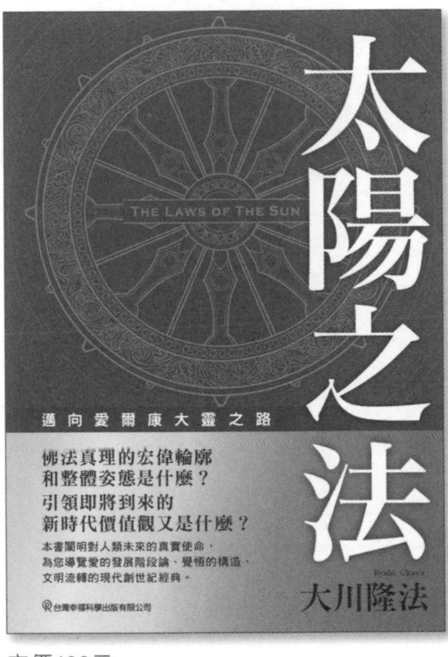

定價400元

太陽之法

法系列
第1卷

基本三法的第一本

本書明快地述說了創世紀、愛的階段、覺悟的進程、文明的流轉，並揭示了主・愛爾康大靈的真實使命，同時也是佛法真理的基本書。《太陽之法》目前已有23種語言的版本，更是全球累計銷售突破1000萬本的暢銷作品。

第一章　太陽昇起之時
第二章　佛法真理的昇華
第三章　愛的大河
第四章　悟之極致
第五章　黃金時代
第六章　愛爾康大靈之路

大川隆法描繪的小說世界．新感覺之靈性小說

《小說 十字架の女》是宗教家・大川隆法先生全新創作的系列小說。謎樣的連續殺人事件、混亂困惑的世界、嶄新的未來、以及那跨越遙遠時空——。

描繪一名「聖女」多舛的運命，新感覺之靈性小說。

小說 十字架の女①〈神祕編〉

神祕的連續殺人事件
與美麗的聖女
女子所背負的，
是「光」、
抑或「闇」——。

小說 十字架の女②〈復活編〉

小說 十字架の女③〈宇宙編〉

小說　動搖

小說　動搖

定價360元

又開始了。

總是在凌晨三點鐘。

我有時感覺，自己是自己，自己又不是自己。如墜夢境。在夢裡，萬事萬物都是自由的，夢是創造性的寶庫。

一切從輕微的顫動開始。我的雙腿開始打顫，接著，伸出被子的右臂或左臂開始打顫，手指不由自主地握拳，再張開。……

在本書的故事背景當中，隱藏著眾多真相。

故事內容是，學園「UMA 研究會」的男、女學生們以及老師們，為了保護學園而開始著手展開的研究，既為解開 ParallelWorld（平行宇宙）、Multiverse（多重宇宙）做出了貢獻，也解除了日本的危機和人類的危機。

故事中加入 SF、恐怖色彩和超能力元素，希望讀者能從中學習到友情與齊心協力的力量有多麼重要。並且，我希望各位對未知的事物不要只感到恐懼，而是要成為一個勇於與之抗衡、解決難題的人，這也是創作者的初衷。

你的人生觀，是否因為讀了本書而「動搖」了呢？

HAPPY SCIENCE

幸福科學集團介紹

幸福科學透過宗教、教育、政治、出版等活動，以實現地球烏托邦為目標。

幸福科學

一九八六年立宗。信仰的對象為地球靈團至高神「愛爾康大靈」。幸福科學信徒廣布於全世界一百六十八個國家以上，為實現「拯救全人類」之尊貴使命，實踐著「愛」、「覺悟」、「建設烏托邦」之教義，奮力傳道。（二〇二三年一月）

愛

幸福科學所稱之「愛」是指「施愛」。這與佛教的慈悲、佈施的精神相同。信眾透過傳遞佛法真理，為了讓更多的人們能度過幸福人生，努力推動著各種傳道活動。

覺悟

所謂「覺悟」，即是知道自己是佛子。藉由學習佛法真理、精神統一、磨練己心，在獲得智慧解決煩惱的同時，以達到天使、菩薩的境界為目標，齊備能拯救更多人們的力量。

建設烏托邦

我們人類帶著於世間建設理想世界之尊貴使命，而轉生於世間。為了止惡揚善，信眾積極參與著各種弘法活動。

入會介紹

在幸福科學當中，以大川隆法總裁所述說之佛法真理為基礎，學習並實踐著「如何才能變得幸福、如何才能讓他人幸福」。

想試著學習佛法真理的朋友

若是相信並想要學習大川隆法總裁的教義之人，皆可成為幸福科學的會員。入會者可領受《入會版「正心法語」》。

三皈依誓願

想要加深信仰的朋友

想要做為佛弟子加深信仰之人，可在幸福科學各地支部接受皈依佛、法、僧三寶之「三皈依誓願儀式」。三皈依誓願者可領受《佛說・正心法語》、《祈願文①》、《祈願文②》、《向愛爾康大靈的祈禱》。

幸福科學於各地支部、據點每週皆舉行各種法話學習會、佛法真理講座、經典讀書會等活動，歡迎各地朋友前來參加，亦歡迎前來心靈諮詢。

台北支部精舍
台北市松山區敦化北路
155 巷 89 號
02-2719-9377

台中支部精舍
台中市中區民族路 146 號
04-2223-3777

幸福科學台灣代表處

台北市松山區敦化北路 155 巷 89 號
02-2719-9377
taiwan@happy-science.org
FB：幸福科學台灣

幸福科學馬來西亞代表處

No 22A, Block 2, Jalil Link Jalan Jalil Jaya 2, Bukit Jalil 57000, Kuala Lumpur, Malaysia
+60-3-8998-7877
malaysia@happy-science.org
FB：Happy Science Malaysia

幸福科學新加坡代表處

434 Race Course Road #01-01 Singapore 218680
+65-6837-0777
singapore@happy-science.org
FB：Happy Science Singapore

小說　嫩竹的時代

小說　竹の子の時代

作　　者／大川隆法

出版發行／台灣幸福科學出版有限公司
104-029 台北市中山區中山北路三段 49 號 7 樓之 4
電話／ 02-2586-3390　傳真／ 02-2595-4250
信箱／ info@irhpress.tw
法律顧問／第一法律事務所　余淑杏律師

總 經 銷／旭昇圖書有限公司
235-026 新北市中和區中山路二段 352 號 2 樓
電話／ 02-2245-1480　傳真／ 02-2245-1479

幸福科學華語圈各國聯絡處／
台　　灣　taiwan@happy-science.org
地址：台北市松山區敦化北路 155 巷 89 號（台灣代表處）
電話：02-2719-9377
FB 粉絲頁：幸福科學－台灣
新 加 坡　singapore@happy-science.org
馬來西亞　malaysia@happy-science.org
泰　　國　bangkok@happy-science.org
澳　　洲　sydney@happy-science.org

書　　號／978-626-7302-03-3
初　　版／2023 年 6 月
定　　價／360 元

國家圖書館出版品預行編目 (CIP) 資料

小說 嫩竹的時代／大川隆法作. -- 初版.
-- 臺北市：台灣幸福科學出版有限公司，
2023.06
　160 面；14.8×21 公分
譯自：小說　竹の子の時代
ISBN 978-626-7302-03-3（平裝）

861.57　　　112006034

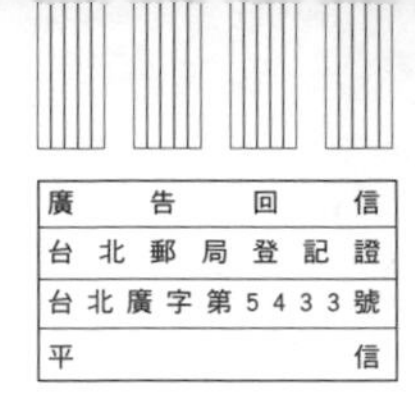

廣告回信
台北郵局登記證
台北廣字第5433號
平信

IRH Press Taiwan Co., Ltd.
台灣幸福科學出版有限公司

104-029 台北市中山區中山北路三段49號7樓之4
台灣幸福科學出版 編輯部 收

請沿此線撕下對折後寄回或傳真，謝謝您寶貴的意見！

大川隆法
Ryuho Okawa

小說

嫩竹的時代

台灣幸福科學出版有限公司

小說　嫩竹的時代
讀者專用回函

非常感謝您購買《小說　嫩竹的時代》一書，
敬請回答下列問題，我們將不定期舉辦抽獎，
中獎者將致贈本公司出版的書籍刊物等禮物！

讀者個人資料　　**※本個資僅供公司內部讀者資料建檔使用，敬請放心。**

1. 姓名：　　　　　　　　　　性別：□男　□女
2. 出生年月日：西元　　　　年　　　　月　　　　日
3. 聯絡電話：
4. 電子信箱：
5. 通訊地址：□□□-□□
6. 學歷：□國小 □國中 □高中／職 □五專 □二／四技 □大學 □研究所 □其他
7. 職業：□學生 □軍 □公 □教 □工 □商 □自由業□資訊 □服務 □傳播 □出版 □金融 □其他
8. 您所購書的地點及店名：
9. 是否願意收到新書資訊：□願意　□不願意

購書資訊：

1. 您從何處得知本書的訊息：（可複選）□網路書店　□逛書局時看到新書　□雜誌介紹
   □廣告宣傳　□親友推薦　□幸福科學的其他出版品　□其他
2. 購買本書的原因：（可複選）□喜歡本書的主題　□喜歡封面及簡介　□廣告宣傳
   □親友推薦　□是作者的忠實讀者　□其他
3. 本書售價：□很貴　□合理　□便宜　□其他
4. 本書內容：□豐富　□普通　□還需加強　□其他
5. 對本書的建議及讀後感
6. 盼望您能寫下對本公司的期望、建議…等等。

IRH Press Taiwan Co., Ltd.
台灣幸福科學出版有限公司